STILICON,

TRAGEDIE.

A ROVEN, Et se vend

A PARIS,

Chez THOMAS IOLLY, au Palais, dans la
petite Salle, à la Palme, & aux Armes
de Hollande.

M. DC. LXIV.

AVEC PRIVILEGE DV ROY.

A

MONSEIGNEVR

LE

CARDINAL

MAZARIN.

 ONSEIGNEVR,

Quelque indigne que soit STILICON, *de paroistre deuant* VOSTRE EMINENCE,
*j'ose abuser des approbations que le Public luy a
données, pour chercher à rougir moins de la liberté
que ie prens de Vous l'offrir.* L'Histoire *le marque
pour Vn des plus Grands Hommes de son Siecle;
dans les diuers honneurs que ses longs seruices luy
firent obtenir, il merita que l'*Empereur Theodose *le*

ã

EPISTRE.

laiſſaſt pour *Tuteur à Honorius*, qui daigna depuis
ſe faire ſon *Gendre*, & il n'y auroit peut-eſtre rien
eu iuſques à luy de plus éclatant que ſa vie, s'il
n'euſt pas laiſſé ſurprendre ſon deuoir aux tendreſ-
ſes inconſiderées de la *Nature*, & oublié ce qu'il
deuoit à ſon *Maiſtre*, pour rendre ce qu'il ne deuoit pas à ſon *Fils*.   Mais, MONSEIGNEVR,
C'eſt vne tache qu'il auroit ſans doute épargnée à ſa
gloire, s'il auoit eſté aſſez heureux pour eſtre reſer-
ué à naiſtre dans le temps où ie me ſuis efforcé de le
faire reuiure.   Il ne trouuoit rien alors qui luy of-
friſt l'image parfaite de cette fermeté heroïque, qui
ſoúmet à vne belle ame l'empire de ſes paſſions; &
ſes propres mouuemens eſtant ce qu'il auoit de plus
illuſtre à conſulter pour regles de ſa conduite, ils ne
luy ſuffiſoient pas à luy faire acquerir cette pleine
& inébranlable vertu, dont il ne voyoit point
d'exemples.   Mais aujourd'huy, MONSEI-
GNEVR, qu'il auroit eu celuy de VOSTRE EMI-
NENCE, & que ces hautes qualitez, qui vous
aſſeurent l'admiration de toute la *Terre*, auroient
fortifié les fauorables diſpoſitions qu'il auoit aux
grands ſentimens, il y a lieu de croire que l'ardeur de vous imiter l'euſt garanty des ſurpriſes
d'vne ambition qui l'a mis dans le précipice, &
que par cet heureux ſecours il ſe ſeroit dégagé de
cette dangereuſe foibleſſe, qui l'a enfin abandonné
au plus criminel emportement.   En effet, MON-
SEIGNEVR, pour trouuer vn veritable *Heros*,

EPISTRE.

Il le faut chercher dans *VOSTRE EMINENCE*.
De tous ceux que nous vante l'*Antiquité*, aucun ne nous en fournit vn caractere si solide, & vous nous faites voir en vous ce qui hors de là semble ne pouuoir estre que la vaine idée d'vne belle resverie, & l'inutile effort d'vne agreable imagination. Il s'en trouue qui selon leurs diuerses inclinations nous ont laissé des traits assez acheuez de prudence, d'équité, de moderation, de constance & de generosité : mais toutes ces differentes vertus n'ont iamais esté qu'vne imparfaite ébauche de celles que vous nous auez fait paroistre, & à bien examiner le Principe dont elles sont parties, ils les ont peut-estre possedées trop paisiblement, pour ne sembler pas auoir plustost cedé à la pante naturelle qu'ils y ont euë, que d'auoir eu besoin de triompher d'eux-mesmes pour s'y affermir. Cependant on peut dire qu'il y a ce scrupule dans l'exacte vertu, que tant qu'elle n'a pas esté fortement combatuë, elle ne merite point cette veritable estime qui en fait le plus noble prix. Il faut que les grandes épreuues seruent à la justifier; & c'est par là, MONSEIGNEVR, que tout le cours de vostre vie a quelque chose de si extraordinaire, que nous tâchons inutilement de comprendre ce que nous ne nous lassons point d'admirer. Si nous vous considerons dans ces temps difficiles, où nostre malheur ne nous laissa point de plus redoutables Ennemis que nous-mesmes, y a-t'il rien de si surprenant que

ã ij

cette tranquille & incomparable sagesse, que les plus violens orages ne pûrent émouuoir? Si nous vous regardons dans ce glorieux retour, qui a esté suiuy des acclamations de tous les Peuples, que trouuerons-nous qui soit plus au dessus de l'homme que cette haute moderation auec laquelle vous vous estes seruy de cet auantage? En verité, MON-SEIGNEVR, il est bien malaisé que VOSTRE EMINENCE ait refusé de s'applaudir souuent en secret sur cette merueilleuse égalité où vous auez sçeu maintenir vostre grande Ame dans des reuolutions si imprémeués, & des changemens si peu attendus. Comme l'éleuation du rang, où la seule force du vray merite vous a fait arriuer, n'a-uoit point eu de charmes assez forts pour vous éblouïr, vous auez môntré qu'il n'y auoit point de reuers capable de vous abatre; & n'ayant iamais fait vanité de tirer vostre plus éminente Grandeur que de celle de vos sentimens, vous estes tousiours demeuré maistre de vostre fortune, parce que vous estes tousiours demeuré maistre de vous-mesme. Aussi, MONSEIGNEVR, il semble que les outrages les plus iniustes qu'on ait essayé de vous faire, vous ayent tenu lieu de seruices considerables, & que ne les regardant que comme des ache-minemens à vous mettre dans vn plus sublime de-gré de gloire, vous ayez dédaigné de penetrer l'in-tention par l'asseurance que vous auiez de l'effet. La France n'en pouuoit estre plus auantageusement

EPISTRE.

conuaincuë. C'eſt ſeulement en redoublant l'infati-
gable ardeur qui vous faiſoit trauailler pour ſon repos , que vous vous eſtes vangé des efforts qu'elle a
veu faire pour troubler le voſtre , & vous ne vous
eſtes point ſouffert de relaſche , que par vos ſages
Conſeils vous n'ayez porté noſtre GRAND
ROY à luy accorder vn bien qu'elle n'oſoit plus
ſe promettre , cette PAIX pour laquelle on luy
auoit entendu pouſſer de ſi longs ſoûpirs. Il falloit,
MONSEIGNEVR , vn zele pareil à celuy de
VOSTRE EMINENCE , pour venir à bout d'v-
ne ſi difficile entrepriſe. Les obſtacles inuincibles
qui s'y eſtoient touſiours rencontrez auoient beau
confondre nos vœux , & repouſſer nos eſperances ;
nous ne pouuions douter d'vn ſuccez , dont vous
nous auiez déja répondu. Nous en auions vn garand infaillible dans cette miraculeuſe viuacité de
Genie , qui vous auoit fait autrefois appaiſer la fureur de deux Armées preſtes à venir aux mains,
& il ne nous eſtoit pas permis d'attendre vne moindre merueille de vos ſoins, dans l'important & fameux accord de deux Couronnes , dont les intereſts
enfermoient ceux de toute l'Europe. C'eſt, MON-
SEIGNEVR , de vos Conferences qu'elle tient
l'heureux calme dont elle joüit , & nous la goû-
tons auec d'autant plus de joye , que le GAGE
AVGVSTE que l'Eſpagne nous a donné de ſa
durée , eſt le Couronnement illuſtre de vos penibles
tranaux. Vuez , MONSEIGNEVR , & viuez

EPISTRE.

auec cet auantage que pour offrir en vous trop de matiere à de justes loüanges, vous nous auez reduits dans l'impuissance de vous loüer. Tout ce que vous faites est si Grand, qu'on ne sçauroit conceuoir d'Eloges assez forts pour y répondre. Il n'y a que vous seul qui vous puissiez suffire à vousmesme, par les reflections interieures que vous ne vous sçauriez quelquesfois dispenser de faire sur vous. Vn coup d'œil vous y découure en vn moment ce que nous tascherions en vain d'exprimer par tout ce que la plus subtile éloquence a d'industrieux. Et pour moy, qui ne sçay qu'estre dans vne perpetuelle admiration des miracles de vostre vie, ie ne sçay aussi que garder en ce rencontre vn silence respectueux, si ce n'est que vous ne permettiez de le rompre, pour vous asseurer de la profonde soûmission auec laquelle ie suis,

MONSEIGNEVR,

DE VOSTRE EMINENCE,

Le tres-humble, & tres-
obeïssant seruiteur,
T. CORNEILLE.

Extrait du Priuilege du Roy.

PAR grace & Priuilege du Roy donné à Paris le troisiéme May 1660, signé par le Roy en son Conseil, GVITONNEAV : Il est permis à Guillaume de Luyne, de faire imprimer, vendre & debiter vne Piece de Theatre de la composition du Sieur CORNEILLE, intitulé le *Stilicon*, pendant sept anuées entieres & accomplies ; Et défenses sont faites à tous autres, de telles qualitez condition qu'ils soient, de faire imprimer ladite Piece, vendre, ny debiter, à peine de mil liures d'amende, de tous dépens, dommages & interests, ainsi qu'il est plus amplement porté par lesdites Lettres.

Et ledit de Luyne a fait part du Priuilege cy-dessus à Augustin Courbé aussi Marchand Libraire, pour en jouïr suiuant l'accord fait entr'eux.

Acheué d'imprimer le 16. *iour d'Aoust* 1660, *à Roüen, par* LAVRENS MAVRRY.

Les Exemplaires ont esté fournis.

Registré sur le Liure de la Communauté des Libraires le 5. *May* 1660.

Du depuis ledit sieur Courbé a transporté le droit qu'il auoit audit Priuilege cy-dessus, aux Sieurs Thomas Iolly & Loüis Billaine Marchands Libraires à Paris.

ACTEVRS.

HONORIVS, Empereur d'Occident.

THERMANTIE, Imperatrice, & fille de Stilicon.

PLACIDIE, Sœur d'Honorius.

STILICON, laiffé par Theodofe pour Tuteur à Honorius, & deuenu depuis fon beau-pere.

EVCHERIVS, Fils de Stilicon.

MARCELLIN, Capitaine des Gardes.

LVCILE, Confidente de Placidie.

MVTIAN, Confident de Stilicon.

Suite de l'Empereur.

La Scene eft à Rome.

STILICON,

STILICON,
TRAGEDIE.

ACTE I.

SCENE PREMIERE.

THERMANTHIE, EVCHERIVS.

THERMANTHIE.

V Y , jay parlé , mon frere, & pour tou-
cher fon ame
Dans le plus vif excez j'ay porté voftre
flame,
I'ay pei nt de fes tranfports le confufus defefpoir,
I'ay de l'Empereur mefme expliqué le pouuoir,
Et contre les dédains dont vous fouffrez l'outrage
Fait agir tout l'empire où fon ordre m'engage;
Mais d'vn appuy fi fort la pleine authorité
A femblé moins fléchir que croiftre fa fierté,

A

Plus j'en ay creu par là voir l'ardeur refroidie,
Plus dans son arrogance elle s'est applaudie,
Et mon zéle pour vous n'a fait que confirmer
L'injurieux orgueil qui l'empesche d'aimer.

EVCHERIVS.

Iugez mieux d'vn mépris dont le Sort est complice,
Il détruit mon espoir, mais il luy rend iustice,
Dans le chemin du Trône à sa naissance ouuert
Placidie à son rang doit l'orgueil qui me perd,
Et de mon sang au sien l'vnion inégale
Ne luy sçauroit souffrir vn choix qui la rauale,
Fille de Theodose, & sœur d'Honorius,
Sa gloire est attachée à ses iustes refus.
S'ils ont pour mon amour vne rigueur insigne,
La faute en est au Ciel qui m'en fit maistre digne,
Et quelques rudes maux qu'il m'en faille sentir,
Ie puis en soûpirer, mais j'y dois consentir.

THERMANTHIE.

Quoy ? vous consentirez qu'vn traitement si rude
Asseure vn plein triomphe à son ingratitude,
Et que de vos soupirs l'hommage rejetté
Par trop de déference enfle sa vanité ?
Non, non, mon frere, non, c'est trop faire l'esclaue,
Il est temps de brauer la fierté qui vous braue,
Montrez sous ses dédains vn cœur moins abatu,
Elle a de la naissance, & vous de la vertu ;
Et dequoy que la flate vn peu trop d'arrogance,
Vn seul degré peut-estre en fait la difference.
Vostre destin du sien peut-il mieux s'approcher ?
Elle nâquit au Trône où ie vous fais toucher ;
Le fils de Stilicon la feroit peu descendre
Aprés que l'Empereur s'est fait deux fois son gědre,
Et tout autre que vous se monstreroit plus vain
Du rang d'Imperatrice où m'éleue sa main.

D'vn tjtre si brillant soustenez mieux la gloire,
Le plus foible combat vous offre la victoire,
Et vangeant par l'oubly vostre amour negligé
Brise les fers honteux dont vous estes chargé.

EVCHERIVS.

Ah, Madame, ie sçay qu'en de si rudes peines
C'est par le seul oubly qu'on peut rôpre ses chaînes;
Mais lors qu'vn vray merite en a formé les nœuds,
Vn cœur n'est pas long-têps le maistre de ses vœux.
De l'éclat de son choix l'ame préoccupée
S'offre sans cesse aux traits qui d'abord l'ont frapée,
Et par sa complaisance à nourrir son erreur,
Ouure aux sens vne voye à seduire ce cœur.
Comme par la raison leur rapport s'authorise,
D'vne aimable imposture il aime la surprise,
Et d'vn trouble inquiet goustant le faux appas,
Cede à mille transports qu'il n'examine pas;
C'est par là qu'à soy-mesme il se rend infidelle,
Et quand à la reuolte vn fier mépris l'appelle,
En vain à son secours on tasche d'animer
Cette mesme raison qui luy permit d'aimer;
Ce qu'elle eut de pouuoir pour flater son martyre
Se trouue assujety sous vn plus fort empire,
Et l'Amour qu'elle crût tousiours accompagner
Se montre le tyran de qui ie fit regner;
De ses flames alors on a beau fuir l'amorce;
On aima par surprise, il faut aimer par force,
Et quoy que l'on en souffre, abandonner ses iours
A la necessité de soupirer tousiours.

THERMANTIE.

Ie connoy quel espoir à souffrir vous engage,
Honorius pour vous doit tout mettre en vsage,
Mais si ce grand secours déja par moy tenté
N'a peû de la Princesse estonner la fierté,

Qu'esperez-vous que fasse vne attaque nouuelle
Que l'aigrir contre vous , & l'Empereur contre
elle ?
D'vn volontaire choix l'Amour aime à s'offrir,
Et s'il regne par force , il n'en sçauroit souffrir.

EVCHERIVS.

Aussi ne croyez pas que le mien , quoy qu'extresme,
Vouluft pour triompher employer que soy-mesme,
Et que faisant agir vn pouuoir souuerain,
Quand le cœur se refuse, il acceptast la main.
Placidie est pour moy le seul objet aimable,
Mais d'vn effort illustre on voit l'Amour capable,
Et puis qu'vn Trosne seul a dequoy la charmer,
Les efforts feront voir si ie sçay bien aimer.

THERMANTIE.

Souuent le desespoir va plus loin qu'on ne pense.

EVCHERIVS.

Non, si de l'Empereur...

THERMANTIE.

        Le voicy qui s'auance,
Parlez ; vostre dessein luy doit estre connu.

SCENE II.

HONORIVS, THERMANTIE,
EVCHERIVS, MARCELLIN.

HONORIVS.

ET bien, Madame, enfin qu'auez-vous obtenu?
Vaincrons nous cet orgueil dont l'indigne ma-
nie
Aux vœux d'Eucherius refuse Placidie?
Se rend-elle moins fiere? en viendrons-nous à bout?

THERMANTIE.

Seigneur, pour la fléchir ie viens d'employer tout;
Mais de son cœur altier l'audace temeraire
Craint peu par ses refus d'aigrir vostre colere,
Et dans l'orgueil secret qui semble l'animer,
Ie plains Eucherius s'il ne cesse d'aimer.

HONORIVS.

Quoy? l'inégal dehors d'vn peu plus de naissance
Peut à tant de fierté porter son arrogance,
Et l'éclat que sur luy ma faueur fai ttomber
A de si durs mépris ne le peut dérober?
Nous verrons, puisqu'enfin elle veut m'y contrain-
dre,
Si qui m'ose brauer peut n'auoir rien à craindre,
Et si, quand vostre amour a merité ma foy,
Mon exemple est pour elle vne honteuse loy.
Qu'on la fasse venir.   *Marcellin sort.*

EVCHERIVS.

Ah, que voulez vous faire,
Seigneur? ie ne suis plus vn amant remeraire,

A iij

Et de voftre faueur le glorieux foûtien
M'offre en vain vne gloire où ie ne pretens rien,
Ma raifon fur mes fens a repris fon empire,
Et dans l'heureux projet qu'à ma flame elle infpire,
Loin que de fon ardeur j'ofe attendre aucun fruit...

HONORIVS.

Non ,non , Eucherius, ta vertu te féduit,
Et veut que ie m'oppofe à l'effort magnanime,
Qui d'vn refus trop fier jette fur toy le crime.
I'authorifay ton choix , & pour le maintenir
Ie dois vaincre l'orgueil qui cherche à t'en punir.

EVCHERIVS.

Non , Seigneur, mon amour auoit trop d'injuftice,
Souffrez-en à ma gloire vn noble facrifice,
Et que l'empreffement d'en rehauffer l'éclat
L'immole tout entier au repos de l'Eftat.
Aprés tant de combats dont les triftes alarmes
Tiennent Rome inquiete , & l'Italie en armes,
Le fuperbe Alaric formant d'autres projets,
Cherche voftre alliance , & demande la Paix.
Puifque dans cet Accord le fang vous intereffe,
Permettez qu'il affeure vn Trofne à la Princeffe,
Et que de cet hymen les fauorables nœuds
Rempliffent fa naiffance,& couronnent fes vœux.

HONORIVS.

Ce Traité dont le bruit a fufpendu nos armes
Pour fon ambition fans doute a quelques charmes,
Et j'admire en ton cœur le genereux effort
Qui t'en fait contre toy folliciter l'accord;
Mais plus de ta vertu ce grand effet m'eftonne,
Moins ie puis confentir à ce qu'elle t'ordonne,
Viens embraffer ton Prince , & quoy qu'on faffe
enfin,
Laiffe à mon amitié le foin de ton deftin.

EVCHERIVS.

Daignez songer, Seigneur, que la gloire où j'aspire...

HONORIVS.

Va, laisse moy parler, te dis-je, & te retire,
Ta voix dans ce dessein n'est pas à consulter.

EVCHERIVS à *Thermantie.*

Ah, Madame, empeschez l'Empereur d'éclater.

SCENE III.

HONORIVS, THERMANTHIE.

HONORIVS.

IE ne le voy que trop; l'Accord qu'on nous propose
Du mépris qui nous braue est la secrette cause,
Madame, & de ma sœur l'ambitieux projet
Court aprés ce faux charme, & n'a plus d'autre objet.
D'vn Diadème offert l'esperance confuse
La liure toute entiere à l'orgueil qui l'abuse,
Et laisse dédaigner à ses sens éblouïs
Le merite du pere, & la vertu du fils;
Puisqu'il n'est point de prix trop haut pour leurs ser-
     uices,
De sa rebellion cessons d'estre complices,
Et rompant vn Accord trop long-temps écouté,
Par l'espoir qui l'anime abatons sa fierté.

THERMANTIE.

Seigneur, j'en crains pour vous vn succez tout con-
     traire,
En pensant faire tout gardez de ne rien faire,
Le cœur de la Princesse est altier en vn point,
Qu'il pourra perdre vn Trosne, & ne se rendre point.

Puis qu'aux vœux d'Alaric Eucherius la cede
D'vn hymen qui l'éloigne essayez le remede,
L'absence sur l'Amour a beaucoup de pouuoir,
Et l'on cesse d'aimer quand on cesse de voir.

HONORIVS.

Ce remede est trop dur pour vous en oser croire,
Il blesse Eucherius comme il trahit ma gloire.
Quãd l'effet pour sa flame en seroit moins douteux,
Voyez ce que pour moy la paix a de honteux.
Peuuez-vous m'y porter sans vouloir qu'on declare
Que sous Honorius Rome a craint vn Barbare,
Et qu'vn Got insolent qu'elle dût accabler
A trouué les moyens de la faire trembler?
Espargnons à sa gloire vne telle bassesse,
Et pour rendre...

THERMANTIE.

Seigneur, j'apperçois la Princesse,
Souffrez que ie vous quitte; en de tels interests
Il faut pour s'expliquer des entretiens secrets.

SCENE IV.

HONORIVS, PLACIDIE.

HONORIVS.

MA sœur, jusques icy j'ay voulu me deffendre
Des sentimens d'aigreur que vous me faites
prendre,
Et veu sans éclater qu'vn indigne mépris
Des soins d'Eucherius ait esté le seul prix.
Vous pouuiez ignorer que dans cette entreprise
Par vn appuy secret mon adueu l'authorise,

Que luy seul de sa flame a fait naistre l'espoir ;
Mais enfin aujourd'huy qu'on vous l'a fait sçauoir,
Ie ne sçaurois souffrir qu'vn refus temeraire
Repousse auec audace vn choix qui ma sçeu plaire,
Et comme en le brauant c'est moy que vous brauez,
I'apprens de vostre orgueil ce que vous me deuez.
S'il soutient trop en vous la dignité supresme,
Il expose à mes yeux les droits du Diadesme,
Et me force de voir que rien ne doit borner
Les ordres absolus que ie vous puis donner ;
Que quoy qu'vn mesme sang nous ait tous deux fait
     naistre,
Qui ne parle qu'en frere a droit d'agir en maistre,
Et que le rang Auguste où ie me vois monté
Pour regler mes projets n'a que ma volonté.

PLACIDIE.

Ie sçay ce qu'entre nous, quoy qu'égaux de naissance,
L'auantage du Trosne a mis de difference,
Et ie ne puis luy rendre vn hommage plus grand
Que d'asseruir mon cœur aux respects qu'il vous réd;
Mais, Seigneur, s'il est vray que l'amour & la haine
D'vn aueugle panchant soient la suite certaine,
Ces mouuemens secrets qui naissent malgré nous
Sont des droits dont sans crime il peut estre ja-
     loux ;
Comme vostre adueu seul les doit laisser paroistre,
Vostre ordre ne peut rien pour les y faire naistre,
Et ce cœur dont on cherche à confondre l'espoir,
S'il ne se donne pas, a peine à se deuoir.

HONORIVS.

Qu'a fait d'Eucherius la passion extréme
Que de presser ce cœur de se donner soy mesme,
Et si de cet espoir il pouuoit se flater,
Quels plus profonds respects l'auroient pû meriter?

Vous l'auez veu cent fois dans l'ardeur qui l'engage
De sa flame à vos pieds porter le pur hommage,
Et n'oppoſer iamais à vos cruels refus
Qu'vne plainte eſtouffée , ou des ſoûpirs confus.

PLACIDIE.

S'il n'auoit que mon cœur à ſon eſpoir contraire,
Il pourroit obtenir le don que j'en puis faire,
Mais ce cœur qu'en ſecret le vray merite émeut,
Ne s'oſe pas touſiours permettre ce qu'il veut.
Quelque doux ſentiment qui taſche à le ſurprendre,
Il conſulte ma gloire auant que de ſe rendre,
Et quand ſon intereſt l'oblige à l'étouffer,
Il la reſpecte aſſez pour n'en pas triompher.

HONORIVS.

De voſtre gloire en vain le charme vous abuſe,
Voſtre cœur fait le crime , elle preſte l'excuſe ;
L'éclat qu'elle en attend, & qu'il craint de trahir,
Se hazarde-t'il moins à me deſobeïr ?
Quoy que dás cet hymen vous crûſſiez voir de lâche,
L'adueu que ie luy donne en purgeroit la tache,
Et pour vn bon Sujet qui reſpecte les Dieux,
L'ordre du Souuerain eſt touſiours glorieux.
Mais ſur quel plus beau choix auriez-vous pû me
      croire ?
Iamais plus de vertu ne ſouſtint plus de gloire,
Stilicon que touſiours ont craint nos ennemis,
Se verroit ſans égal s'il n'auoit point de fils,
De mille exploits fameux le ſuperbe auantage
En tous lieux à l'envy fait briller leur courage.
Eſt-ce pour meriter vos indignes refus ?

PLACIDIE.

I'eſtime Stilicon , j'eſtime Eucherius,
I'eſtime en tous les deux la vertu qu'on m'oppoſe,
Mais j'eſtime encor plus le ſang de Theodoſe,

Et perirois pluſtoſt qu'on me viſt conſentir
Au moindre abaiſſement qui pûſt le démentir.

HONORIVS.

Ie l'ay donc démenty, quand épouſant ſa fille
I'ay mis par cet hymen le Trône en ſa famille,
Et l'orgueil qui vous fait dédaigner vn beau feu
Eſt de ma lâcheté le ſecret deſadueu ?

PLACIDIE.

A qui que voſtre choix ſe fuſt rendu propice,
Vous euſſiez pû, Seigneur, faire vne Imperatrice,
Mais ſi d'Eucherius j'oſe flater l'erreur,
Le faiſant mon Eſpoux, en fais-ie vn Empereur ?
Aux honneurs de ſa ſœur il n'a rien à pretendre,
Vous la faites monter quand il me fait deſcendre,
Et d'vn Auguſte hymen le different appuy,
L'éleuant juſqu'à vous, m'abaiſſe juſqu'à luy.

HONORIVS.

Si l'éclat des grandeurs où le ſang vous appelle
Oppoſe à ſon merite vne fierté rebelle,
Ie le mettray ſi haut que de moy ſeul jaloux,
Il baiſſera les yeux pour les jetter ſur vous :
Alors de vos mépris l'injurieux caprice
Luy vaudra la douceur de s'en faire juſtice,
Et de voir que vos vœux à leur tour mépriſez
Se flatent de l'eſpoir que vous luy refuſez.

PLACIDIE.

Faites-le deüenir ce que l'on m'a veu naiſtre,
Pour eſtre prés du Trône aura-t'il moins vn maiſtre,
Et quand tout l'Vnivers trembleroit ſous ſa loy,
Tant qu'il la prend d'vn autre, eſt-il digne de moy ?
Pour meriter ce cœur où ie le voy pretendre
Il faudroit que ſon ſort de luy ſeul pûſt dépendre,
Et que du plus haut rang ſa foy prenant l'appuy,
N'euſt rien à reſpecter entre les Dieux & luy.

HONORIVS.

Superbe, enfin craignez que ma iuſte colere...

PLACIDIE.

I'abandonne mon ſang s'il peut le ſatisfaire,
Seigneur, & vous pouuez, puiſqu'il eſpere en vain,
Le vanger par ma mort du refus de ma main ;
Mais portez la menace & le coup tout enſemble,
Vn cœur né dans le Trône ignore comme on trem-
ble,
Et ie ſouffriray tout auant que me trahir
Iuſqu'à prendre vn époux qui me laiſſe obeïr.

HONORIVS.

Ie voy ce qui vous perd ; la grandeur Souueraine
Fait pour Eucherius voſtre plus forte haine,
Luy-meſme par excez de generoſité
De voſtre ambition ſeconde la fierté,
Voyant tout voſtre cœur charmé du Diadême,
Pour vous faire regner il ſe trahit ſoy-meſme,
Et ſi ie l'en veux croire, vn iuſte & prompt accord
Au Troſne d'Alaric éleue voſtre ſort.

PLACIDIE.

Quoy, pour moy d'Alaric il preſſe l'hymenée ?

HONORIVS.

Voſtre ame à cet appas s'eſt toute abandonnée,
Et de ce Troſne offert l'ambitieux eſpoir
Séduiſant vos deſirs, corrompt voſtre deuoir :
Mais ſi de voſtre orgueil la chaleur inquiete
Cherche à vous affranchir du titre de Sujette ;
Ayant d'Eucherius à ſoutenir le choix,
A ſon amour trahy ie ſçay ce que ie dois,
Vous receurez mon ordre.

PLACIDIE.

Il me faudra l'attendre,
Seigneur, mais cependant j'oſeray vous apprendre
Qu'en

Qu'en vain par ſes conſeils il tâche à m'aſſeurer
L'aduantage d'vn rang où j'ay droit d'aſpirer.
Ce Troſne qu'il ſouhaite à mon impatience,
Le Ciel ſans ſon ſecours le doit à ma naiſſance,
Et mon cœur n'y voit rien qu'il n'aime à dédaigner
Pour luy rauir l'honneur de m'auoir fait regner.

HONORIVS.

L'ambition trompée adoucit bien vne ame,
Nous en verrons l'effet.

SCENE V.

STILICON, PLACIDIE, MVTIAN.

STILICON.

Qv'a l'Empereur, Madame?
Si j'en croy l'apparence il vous quitte en couroux.
Quel en eſt le ſujet?

PLACIDIE.

Me le demandez-vous?
De vos rares conſeils il fait agir l'adreſſe
Sans pouuoir m'obliger à faire vne baſſeſſe,
Et c'eſt ſon déplaiſir, qu'vne illuſtre fierté
Soûtienne ma vertu contre leur lâcheté.

STILICON.

Pour ne me plaindre pas, j'ay beſoin de connoi-
ſtre
Ce que doit vn Sujet à la ſœur de ſon Maiſtre,
I'ay pû trahy ſa gloire, & s'il prend mes aduis,
Il ne ſe repent point de les auoir ſuiuis.

B

PLACIDIE.

Que sa gloire par eux s'asseure ou se hazarde,
Ie ne prens interest qu'à ce qui me regarde,
Et trahirois la mienne à ne pas repousser
La honte de l'hymen où l'on veut me forcer.

STILICON.

L'amour d'Eucherius ayant sçeu vous déplaire,
Il a tort de garder vn espoir temeraire ;
Mais vous pourriez, Madame, à l'éclat d'vn beau feu
Auez moins de mépris refuser vostre adueu.
Quoy que vous fasse croire vne fierté trop prompte,
Vn Heros tel que luy vous feroit peu de honte,
De cent nobles trauaux ce grand tiltre est se prix,
Tout est illustre en luy.

PLACIDIE.

                    Mais il est vostre fils,
Et si j'ose estimer ce qu'il merite d'estre,
Ie voy ce que le Ciel l'a voulu faire naistre.

STILICON.

Ce qu'il est né , Madame...

PLACIDIE.

                    Enfin n'en parlons plus,
Ie hay sur ce sujet les discours superflus ;
Si ma fierté vous blesse, il faut peu vous contraindre,
L'Empereur vous écoute, & vous pouuez vous plain-
    dre,
Mais si vous m'en croyez, faites luy conceuoir
L'indignité des vœux dont il flate l'espoir,
Non qu'aprés mon refus ie craigne sa puissance,
Mais la faueur changeant lors que moins on y pese,
Ie craindrois que mon cœur plein d'vn juste cou-
    roux
Ne s'abaissast assez pour se vanger de vous.

SCENE VI.

STILICON, MVTIAN.

STILICON.

ET tu voudras encor qu'aprés vn tel outrage
De mon reſſentiment ie contraigne la rage,
Et que craignant l'horreur qui confond les ingrats
Aux intereſts d'vn fils ie refuſe mon bras ?
Non, non, puiſque de moy, quelque honneur où
      j'atteigne,
Par la ſource du ſang qui fait qu'on le dédaigne,
Ie ne puis differer ſans trop de lâcheté
A luy faire raiſon de cette indignité.
Corrigeons vn deffaut où le mépris s'attache,
Par la ſplendeur du Troſne effaçons-en la tache,
Et pour l'y voir aſſis preſſant vn juſte effort,
Dérobons ſa naiſſance aux injures du Sort.

MVTIAN.
         (poſe,
Seigneur, ie vous dois tout, & quoy qu'on me pro-
Pour vanger voſtre outrage il n'eſt rien que ie n'oſe,
Le crime où vous courez ne ſçauroit m'eſtonner,
Mais vous m'auez permis de vous en détourner.
Souffrez dõc que j'oppoſe au deſſein que vous faites
Ce qu'eſt Honorius, ce que par luy vous eſtes,
Et que ie vous arrache à l'indigne fureur
Qui veut tremper vos mains au ſang d'vn Empe-
    reur.

STILICON.

D'abord, ie l'adaoüeray ; ſaiſi d'vn trouble extréme,
A prendre ce deſſein j'eus horreur de moy-meſme,

            B ij

Et d'vn tel attentat mon cœur épouuanté
N'en conçeut qu'en tremblant toute l'impieté.
Le fang & le deuoir foudain y firent naiftre
Tendreffe pour mon gendre, & refpect pour mon
    Maiftre,
Et tauy d'vn remords qui conferuoit fes iours,
Pour le fortifier j'employay ton fecours ;
Mais les honteux mépris d'vne ingrate Princeffe
Ont de ces fentimens diffipé la foibleffe,
Pour punir vn orgueil qui ne m'eftoit pas dû
A fes premiers tranfports tout mon cœur s'eft rédu.
En vain j'ay voulu voir ma fille couronnée,
Ie n'ay veu que d'vn fils l'indigne deftinée,
Et l'outrage éclatant que fouffre fon grand cœur
S'il demeure Sujet des enfans de fa fœur :
Tout remply d'vn objet & fi cher & fi tendre,
Le mien ne connoit plus de maiftre ny de gendre,
Et contre fes remords pleinement affermy,
Voir dans Honorius fon plus grand ennemy.

MVTIAN.

Qu'a-t'il pû pour ce fils qu'il n'ait pas daigné faire ?
Son rang de ce qu'il eft d'vn feul degré differe,
Encor vn pas peut-eftre, & le Trofne eft au bout.

STILICON.

Vn degré l'en fepare ? & ce degré, c'eft tout.
La grandeur la plus vafte eft toûjours impar-
    faite
Quand d'vn plus haut Empire elle fe voit fujette,
Et ce qu'à commander elle donne de droits
Ne vaut pas la douleur d'obeïr vne fois.
Cependant fi tu veux blâmer mon iniuftice,
Songe qu'Honorius luy mefme en eft complice,
Et que par la rigueur d'vn deftin peu commun,
Ie ne deuiens ingrat que pour en punir vn.

Aprés auoir au Trofne éleué fon enfance,
Contre fes ennemis affermy fa puiffance,
La genereufe ardeur d'vne illuftre amitié
D'vn tout fauué par moy me deuoit la moitié.
Ne dy point que peut-eftre il me l'euft accordée
Si pour prix de ma foy ie l'euffe demandée ;
Quand fa fœur dans mon fils dédaigne vn rang trop
    bas,
C'eft me la refufer que ne me l'offrir pas,
Non que mon intereft m'euft forcé d'entreprendre
Si pour Eucherius j'euffe pû m'en deffendre ;
Mais enfin tous mes vœux ne fe trouuent remplis
Que de l'auidité de voir regner ce fils.
D'vn Aftre dominant l'indifpenfable empire
A cét arreft du Sort me contraint de foufcrire,
Et duffay-je y perir , quoy qu'il doiue en coufter,
Pour luy laiffer vn Trofne il faut l'executer.

MVTIAN.

Mais pourquoy luy cacher vos deffeins de la forte
Si fon feul intereft à confpirer vous porte ?
Deuroit-il ignorer ce qu'on ofe pour luy ?

STILICON.

Ouy , puifqu'à l'Empereur il feruiroit d'appuy,
Et que s'il peut l'apprendre , il n'eft rien qu'il ne
    faffe
Pour détruire vn projet qui le met en fa place ;
D'ailleurs aimant ce fils , ie luy dois épargner
Tout ce qui le rendroit indigne de regner,
La tendreffe pour luy qu'il faut que ie fouftienne,
Aime à fauuer fa gloire aux dépens de la mienne,
Et comme le mépris qui s'attache à fon rang
Prend en luy pour objet la honte de mon fang,
Pour l'en juftifier fans noircir fon eftime,
Mon cœur à fa vertu veut bien prefter vn crime,

Et pour le couronner, y courant sans effroy
Le vanger de l'affront d'estre sorty de moy.

MVTIAN.

I'admire pour vn fils l'ardeur qui vous anime :
Mais songez-vous assez jusques où va ce crime,
Et que tout l'Auenir condamnant sa fureur
Ne l'examinera que pour en prendre horreur ?

STILICON.

Va, va, si l'Auenir ne luy fait point de grace,
Il en loüera du moins l'inébranlable audace,
Et rendra ce qu'il doit aux surprenans transports
Qui me font voir le crime, & brauer le remords.
Peins-toy mon entreprise encor plus effroyable,
Vne grande ame seule en peut estre capable,
Plus l'attentat est noir, plus son indignité
Veut du cœur le plus haut l'entiere fermeté,
Des plus sacrez deuoirs estouffer le murmure
C'est à ses passions asseruir la Nature ;
Cet effort ne part point d'vn courage abatu,
Et pour faire vn grand crime il faut de la vertu.

MVTIAN.

Ce genre de vertu touche vn peu trop vostre ame.

STILICON.

Enfin tu veux en vain que j'en craigne le blasme,
La chose est resoluë, & tout prest d'éclater,
Vn lasche repentir ne sçauroit m'arrester.
Il faut sans balancer que dés cette nuit mesme
La mort d'Honorius couronne vn fils que j'aime,
Rien ne peut mettre obstacle au dessein que j'en
      fais,
Ie puis tout sur l'armée, on me craint au Palais,
Et i'ay dans l'entreprise interessé sans peine
Tous ceux dont le pouuoir l'eust pû rendre incer-
      taines

Ainſi pour voir l'effet que ie m'en ſuis promis,
En ſecret, chez Zenon, aſſemble nos amis,
Zenon peut tout pour nous & bruſle d'entreprēdre,
Dans vne heure au plus tard j'auray ſoin de m'y
     rendre,
Et lors, pour le ſuccés d'vn ſi hardy deſſein,
Nous choiſirons enſemble & le temps & la main.

Fin du premier Acte.

ACTE II.

SCENE PREMIERE.

PLACIDIE , LVCILE.

PLACIDIE.

Q V O Y, pour vn Trofne offert par l'hymen
qu'on propofe
Aux foins d'Eucherius ie deurois quel-
que chofe,
Et luy donnerois droit de pouuoir fe flater
D'auoir preſté la main à m'y faire monter ?
Non , non , quand fon confeil m'affeure vne Cou-
ronne,
Ie me dois le refus dont la fierté t'étonne,
Et tu pretens en vain que ie puiſſe aujourd'huy
Faire paroiſtre vne ame auſſi baſſe que luy.

LVCILE.

Quelle baſſeſſe d'ame éclate dans ce zéle
Dont l'ardeur toute pure au Trofne vous appelle ?
Sans trop d'emportement , qu'y pouuez-vous blaf-
mer 　　　PLACIDIE.

La laſcheté d'vn cœur qui feignit de m'aimer,
Et qui du plus beau feu s'impoſant la contrainte,
En affecta les foins fans en fentir l'atteinte.

LVCILE.

Soupçonner dans le sien des sentimens si bas,
C'est en prendre pour luy qu'il ne merite pas ;
Si-tost qu'à vos souhaits on offre vn Diadesme,
Il fait gloire pour vous de se trahir soy-mesme,
D'vn hymen qui le perd il va presser l'adueu,
Et dans ce grand effort vous doutez de son feu ?

PLACIDIE.

Par vn éclat trompeur cet effort t'a charmée,
On doit tout immoler à la personne aimée,
Mais d'vn indigne sort le coup le plus fatal
Ne la fait point ceder à l'espoir d'vn Riual ;
Quand il faut que l'Amour jusques-là se trahisse,
La reuolte plaist mieux qu'vn si grand sacrifice,
Et quelque âpre reuers dont l'on soit combatu,
C'est aimer laschement qu'auoir tant de vertu.

LVCILE.

Et bien, sa lascheté va jusques à l'extresme,
Si vous le haïssez, qu'importe qu'il vous aime,
Et par quel interest vous pouuez-vous fascher
Qu'il affecte vn amour qui ne vous peut toucher ?

PLACIDIE.

Quel interest, helas !

LVCILE.

Vostre cœur en soupire ?

PLACIDIE.

Ce soupir t'en dit plus que ie n'en voulois dire,
Tu viens de trouuer l'art de me le dérober,
Cache-toy la foiblesse où tu me vois tomber,
Lucile, & s'il se peut, te déguisant ma peine,
Preus vn effet d'amour pour des marques de hai-
ne.

LVCILE.

Vous, de l'amour, Madame ?

PLACIDIE.

Eſtonne , eſtonne-toy
De ce qu'il faut enfin confier à ta foy ;
I'aime,& ce feu fecret qui contraint ma franchiſe
L'euſt combatuë en vain s'il ne l'euſt pas ſurpriſe,
Il l'a pu d'autant mieux que contre ſon ardeur
Mon orgueil me ſembla répondre de mon cœur,
Et me fit negliger le ſoin de me défendre
D'eſtimer vn Sujet indigne d'y pretendre.
Ainſi d'Eucherius le zéle officieux
Cent fois ſur ſa vertu ſçeut arreſter mes yeux,
I'en connus tout le prix , j'en gouſtay tous les char-
　　mes,
Ie m'en ſentis émeuë , & n'en pris point d'alarmes,
De l'éclat de mon ſang la jalouſe fierté
Au milieu du peril faiſoit ma ſeureté ;
Sur vn appuy ſi faux mon ame trop credule
D'vn chagrin inquiet rejetta le ſcrupule,
Et ne voulut pas voir que ſous ce piege adroit
L'eſtime bien ſouuent va plus loin qu'on ne croit;
I'en fis l'épreuue , helas ! quand ie me crus capable
De rendre cette eſtime vn peu moins fauorable,
Vers vn panchant ſi doux tout mon cœur emporté
Trouua dans ſa foibleſſe vne neceſſité,
D'vn feu qu'il deuoit craindre il eut beau voir l'a-
　　morce,
Il voulut le combattre , & n'en eut pas la force,
Et vit bien que l'Amour qu'il taſchoit d'étouffer,
Auant qu'il ſe declare , eſt ſeur de triompher.

LVCILE.

Mais ſi d'Eucherius l'hommage a ſçeu vous plaire,
Vous deuez à ſes vœux vous rendre moins con-
　　traire ;
Pourquoy fuïr vn hymen qui les peut couronner ?

PLACIDIE.

Tu me connois, Lucile, & peux t'en étonner?
Ie t'en ay fait l'adieu, j'aime, & pour mon supplice
De l'erreur de mes sens mon cœur s'est fait com-
　　plice,
Et n'a pû resister à ces charmes flateurs
Qu'étalent à l'envy de si doux imposteurs;
Mais celles de mon rang, de leurs desirs maistresses,
Sçauent purger l'Amour de ses moindres foiblesses,
Et dérober sa flame aux douceurs de l'espoir
Quand il trahit leur gloire, ou blesse leur deuoir.
Eucherius me plaist ; mais ce que ie suis née
Dans vn si vaste orgueil pousse ma destinée,
Qu'vn Trosne seul offert à mes brûlants desirs
Me peut faire sans honte aduoüer ses soûpirs.
Mais que dis-je ? sur luy si j'obtins quelque empire,
Par son lâche conseil il cherche à s'en dédire,
Et j'ay crû bien en vain qu'il auoit merité
Les dédains où pour luy j'excitois ma fierté.
Ouy, s'il t'en faut montrer l'aueuglement extrême,
Ie ne l'ay dédaigné que parce que ie l'aime,
Et qu'vn pareil refus balançant son destin,
Luy pouuoit à l'Empire ouurir quelque chemin.
L'Empereur Gratian pour vne moindre cause
Daigna le partager auecque Theodose,
Et ce fameux exemple eust pu seul aujourd'huy
Forcer Honorius à faire autant pour luy.
Les soins qu'eut Stilicon d'éleuer son enfance
Meritoient pour son fils cette reconnoissance,
Et ce n'est qu'à ce prix qu'osant me declarer
I'eusse promis l'adieu qu'on luy fait esperer ;
Mais quand pour Alaric j'apprens qu'il s'interesse,
Mon cœur ne sçauroit trop condamner ma bassesse,
Et mon orgueil honteux qu'on ait pû l'abuser...

LVCILE.

Efcoutez-le, Madame, auant que l'accufer ;
Le voicy qui paroift.

SCENE II.

PLACIDIE , EVCHERIVS , LVCILE.

PLACIDIE.

I'Apprens auec furprife
Que l'efpoir d'Alaric par vous fe fauorife ;
Mais de mes fentimens c'eft affez mal juger
D'auoir crû que ce zéle euft dequoy m'obliger.
Dans le rág que ie tiens j'ay l'ame vn peu trop vaine
Pour vouloir vous deuoir la qualité de Reyne,
Et forcer mon courage au lâche abaiffement
D'écouter vos confeils fur le choix d'vn Amant.

EVCHERIVS.

C'eft donc ce qui manquoit à ma difgrace extrême
Que quand ce trifte cœur s'immole à ce que j'aime,
Cet effort que ma flame en vain a combatu
N'euft que le faux éclat d'vne lâche vertu ?
Perfiftez à mes vœux d'eftre toûjours contraire,
I'ay merité la mort quand ie n'ay fçeu vous plaire,
Et ie dois croire égal d'en receuoir les coups,
Ou d'vn hymen funefte, ou de voftre couroux.

PLACIDIE. (dre,

I'y pourrois côfentir fans qu'on vous crûft à plain-
Qui peut le confeiller n'a pas lieu de le craindre,
Et s'offre à voir d'vn œil pleinement fatisfait
Le fuccez d'vn accord dont il preffe l'effet.

EVCHERIVS.

EVCHERIVS.

Dites que voſtre haine enfin trop endurcie
Par l'excez d'vn beau feu ne peut eſtre adoucie,
Et que ſon injuſtice aime à ſe déguiſer
Ce qu'aujourd'huy pour vous le mien m'a fait oſer.
I'eſperois que par là nous la verrions s'éteindre,
Que n'ayant pû m'aimer vous daigneriez me plain-
        dre,
Et que pour vous ſeruir preſt à quiter le iour,
La pitié m'obtiendroit ce que n'a pû l'amour ;
Mais comme les mépris dont ma flame eſt ſuiuie
A d'eternels malheurs auoient liuré ma vie,
Ce que ſur mes deſirs ma vertu fait d'effort,
Ne vaut pas qu'vn ſoûpir ſoit le prix de ma mort.

PLACIDIE.

Sur quelle eſtrange erreur cette plainte eſt formée !
A cauſe qu'on me cede on croit m'auoir aimée,
Et toute mon eſtime eſt le moins que ie doy
A l'indigne attentat qu'on veut faire ſur moy ?

EVCHERIVS.

Quoy, vous croyez aſſez l'aigreur qui vous anime,
Pour traiter d'attentat vn conſeil magnanime,
Et m'attacher à vous ſans me conſiderer,
C'eſt démentir l'ardeur que j'ay ſçeu vous jurer ?
Non qu'en vn rang égal j'euſſe pû me reſoudre
D'attirer ſur mon feu ce dernier coup de foudre ;
Mais ie ſuis ſans murmure vn ordre ſi fatal
Quand ie vous cede au Troſne, & non à mon Riual.
Ie l'aduoüeray pourtant ; à quoy que ie m'apreſte,
Le déplaiſir affreux de vous voir ſa conqueſte
N'aigrira pas ſi peu la douleur d'vn amant,
Qu'à ſa triſte diſgrace il ſuruiue vn moment,
Mais puiſqu'vn Sçeptre ſeul peut rēplir voſtre attēte
Ie mourray trop-heureux de vous laiſſer contente,

C

Et du moins ce succez de vos plus chers desirs
Meslera quelque joye à mes derniers soûpirs.

PLACIDIE.

Ta passion t'aueugle alors qu'elle me braue,
Renonçant à mon cœur tu le fais ton esclaue,
Et de ton desespoir suiuant l'iniuste loy
Tu prens droit de donner ce qui n'est pas à toy.
Connois, Eucherius, connois mieux ta Princesse,
Si de l'ambition la noble ardeur me presse,
Vn Trosne n'est pas tant qu'il me doiue coûter
La honte du secours qui m'y feroit monter.
Quel zéle injurieux, quelle vertu maligne
Brigue pour moy le rang dôt ma naissance est digne,
Et te fait hazarder vn temeraire effort
Pour attirer sur toy la gloire de mon sort?
Doutes-tu qu'en secret mon sang ne me réponde
D'éleuer mon destin à l'Empire du monde,
Et que son juste orgueil ne porte mes regards
Iusqu'à pouuoir vn iour luy laisser des Cesars?
Regle mieux tes conseils, & bornes-en l'audace,
Ie ne veux rien deuoir où ie puis faire grace,
Et si toûjours le Trosne échauffe mon desir,
Il est des Rois pour moy quand ie voudray choisir.

EVCHERIVS.

Ie sçay qu'il n'en est point à qui l'Amour n'ordonne
De venir à vos pieds abaisser leur Couronne,
Et du choix d'Alaric si j'ay paru jaloux,
C'est sans m'estre flaté de rien faire pour vous.
I'ay voulu seulement par vne mort plus prompte
D'vn hommage odieux vous espargner la honte,
Et dérober ce cœur qui se sent trop charmer,
Au crime glorieux de vous oser aimer.
Vous en donnez l'arrest, c'est à moy de le suiure;
Mais pour cesser d'aimer, ie dois cesser de viure,

Et l'hymen dont l'horreur accable mon amour
Est le plus seur moyen de me priuer du iour.

PLACIDIE.

Moy, j'ay fait quelque effort pour éteindre en ton
    ame
Ce que tes vœux offerts m'y firent voir de flame,
Et l'aigreur dont tu crois qu'elle ait dû m'animer
Ne t'auroit pû souffrir la liberté d'aimer ?

EVCHERIVS.

Qu'a donc fait ce mépris à mes vœux si contraire ?

PLACIDIE.

Il a dû te deffendre vn espoir temeraire ;
Mais en vain ton amour en craindroit la rigueur,
Il part de ma naissance, & non pas de mon cœur,
Et la gloire d'aimer sans voir rien à pretendre,
Est le plus digne prix qu'vn beau feu doiue attendre.

EVCHERIVS.

Le mien de cette gloire est pleinement charmé,
Mais, helas ! aime t'on sans vouloir estre aimé ?

PLACIDIE.

Ne croy pas que iamais l'orgueil du Diadème
Relâche vne Princesse à confesser qu'elle aime,
Et que sur ses desirs son rang puisse si peu,
Qu'il la laisse descendre à ce honteux adieu ;
Mais comme d'iniustice il la rend incapable,
Il faut examiner ce qu'on a d'estimable,
Voir en soy ce qu'en eux les vrays Heros ont eu,
Se conuaincre en secret de toute leur vertu,
S'en pouuoir applaudir, & sur vn si bon signe
Se répondre du cœur dont l'on se trouue digne.
Non qu'enfin ce ne fust vn bon-heur assez vain
De meriter ce cœur sans meriter la main ;   (dre,
Mais c'est toûjours beaucoup à qui n'y peut preten-
Qu'au seul crime du Sort ayant droit de s'en prédre,

On ne luy puisse au moins dans vn malheur si grand,
Reprocher qu'vn deffaut dont il n'est pas garand.

EVCHERIVS.

Ah, si par ce deffaut ma passion extrême...

PLACIDIE.

Adieu, l'Empereur vient; aime, j'y consens, aime;
Mais si tu t'y resous, quoy qu'il faille endurer,
Sçachant ce que ie suis, aime sans esperer.

SCENE III.

HONORIVS, EVCHERIVS.
Suite de l'Empereur.

HONORIVS à sa suite.

Qv'on s'éloigne de nous.

EVCHERIVS.

Seigneur, dans quelle crainte
Me jette le chagrin dont vostre ame est atteinte ?
Ie le voy qui s'explique au trouble de vos yeux.

HONORIVS.

Prens & ly, ce billet te l'expliquera mieux.

EVCHERIVS lit.

Malgré mille bien-faits vne main trop ingrate
Vous doit à sa fureur cette nuit immoler,
De peur qu'auant ce temps l'entreprise n'éclate,
Deuant aucun témoin ie n'ose vous parler.
Beaucoup dans le Palais fauorisent le Traistre,
Et si vous le voulez connoistre,
Faites qu'en secret & sans bruit
Dans vostre Cabinet ie puisse estre conduit.

ZENON.

Que contre vous, Seigneur, vne main parricide...
Mais vous fçauez le nom du lafche, du perfide,
Et vous aurez appris l'ordre de l'attentat ?

HONORIVS.

On n'ofe me parler de peur de faire éclat,
Et pour fu'ir ce peril, c'eft par l'Imperatrice
Que ce billet receu m'en a donné l'indice,
Auec tant de fecret qu'on luy peint tout perdu,
Si l'on peut découurir qu'il m'ait efté rendu.
Elle mefme ignorant quel aduis on me donne,
S'alarme pour l'Eftat, & non pour ma perfonne,
Et du trouble où me jette vn coupable projet
Le feul Eucherius fçait encor le fujet.

EVCHERIVS.

Il faut le préuenir, mais vn fi prompt orage
Par l'effroy du peril fait trembler mon courage,
Et mon zéle d'ailleurs l'ofant examiner
Dans l'aduis de Zenon voit tout à foupçonner ;
Ce dangereux efprit m'eft fufpect d'artifice,
Et vous donnant du crime vn imparfait indice,
Le fecret qu'il demande engage à préfumer   (mer.
Qu'il peut conuaincre mal ceux qu'il craint de nom-

HONORIVS.

Qui te fait dans Zenon croire tant de baffeffe ?

EVCHERIVS.

Le peu que pour l'Eftat ie fçay qu'il s'intereffe ;
Son zele en vain pour vous cherche à fe fignaler,
Qui peut rendre vn billet auroit pû vous parler ;
Et mefme en ce billet, par quelle Politique
Vous taire les autheurs d'vn crime qu'il explique ?
Vn perfide, vn ingrat, malgré mille bien-faits
S'engage contre vous au plus noir des forfaits ?
S'il vous falloit par là deuiner le coupable,
Qui craindroit plus que moy d'en eftre crû capable ?

Ie tiens de vos bontez vn fort fi glorieux...

HONORIVS.

Ah, c'eft pouffer trop loin vn fcrupule odieux,
Sur ta fidelité ie prens toute affeurance,
Et pour te faire voir quelle eft ma confiance,
Tout ce que j'apprendray d'vn attentat fi noir,
C'eft de toy feulement que ie le veux fçauoir ;
Và-t'en trouuer Zenon, dy-luy que ie t'enuoye,
Puifqu'il eft dangereux qu'au Palais il me voye,
Et pour en eftre crû luy montrant ce billet,
Du fort qu'on me prepare obtiens tout le fecret,
Ie le fçauray de toy.

EVCHERIVS.

Tant de bonté m'accable,
Seigneur, mais s'il s'obftine à taire le coupable ?

HONORIVS.

Ne crains pas qu'il refufe à s'ouurir auec toy,
Il fçait trop quels fecrets ie confie à ta foy,
Et fufpect s'il me parle, il n'aura pas de peine
A m'aduertir par toy de celuy qui le gefne.
Marcellin vient icy, va, ne perds point de temps,
Ton zéle me répond de tout ce que j'attens.

SCENE IV.

HONORIVS, MARCELLIN.

HONORIVS.

AS-tu porté mon ordre?
   MARCELLIN.
      Ouÿ, Seigneur, & la tréve
Fait naiſtre pleine joye alors qu'elle s'acheue.
De l'orgueil d'Alaric tous vos Chefs indignez
Formoient d'injuſtes vœux que vous leur épargnez,
Et j'admire l'ardeur que chacun d'eux prepare
A triompher d'vn Got, à chaſſer vn barbare,
La Princeſſe le ſçait, & ie viens de la voir,
Mais rien dans ce reuers n'a paru l'émouuoir,
Et d'vn Troſne échapé la diſgrace éclatante
Luy laiſſe pour ſa perte vne ame indifferente.
HONORIVS.
Son orgueil s'eſtudie à paroiſtre adoucy;
Mais ie voy Stilicon, laiſſe nous ſeuls icy.

SCENE V.

HONORIVS, STILICON.

HONORIVS.

APproche, & si toûjours la mesme ardeur t'en-
flame,
Viens juger de ma peine au trouble de mon ame.
On nous hait, Stilicon, & tes sages aduis
En tout temps pour l'Estat écoutez & suiuis,
Dans mon gouuernement mélent tant de foiblesse,
Que Rome se trahit d'en souffrir la bassesse.

STILICON.

Quoy, Seigneur, l'insolence iroit jusqu'à l'abus ?
On s'emporte à la plainte? on murmure ?

HONORIVS.

On fait plus,
Et par vne fureur que cette haine inspire,
On en veut à mes iours, Stilicon, on conspire.

STILICON.

On conspire, Seigneur ?

HONORIVS.

Qui l'eust iamais pensé,
Qu'vn perfide à ma mort se fust interessé,
Et que né dans le Trosne où m'affermit ton zéle,
I'y deusse redouter vne main infidelle ?
En vain l'ordre du Ciel a daigné m'y placer,
Tes soins m'en firent digne,& l'on m'en veut chasser.

STILICON.

Non,Seigneur, ce seront de ces vaines alarmes(mes,
Qui seruent d'vn beau Regne à redoubler les char-

Et qui par leur menace eftonnant les efprits,
Du bien que l'on poffede eftalent mieux le prix.
L'apparence qu'vn Prince & fi grand & fi jufte,
Que bien moins que fon rang fa vertu rend Augufte,
Chery de tout fon peuple , adoré dans fa Cour,
Authorifaft la haine à le priuer du iour ?

HONORIVS.

Il l'a fait toutefois , & Zenon...

STILICON.

Quoy, le traiftre,
Zenon , l'ingrat Zenon attente fur fon Maiftre,
Et ce que tout l'Enfer verroit auec horreur,
Il cherche à s'immoler vn fi bon Empereur ?
Ah, fans daigner l'oüir de peur qu'il vous fléchiffe,
Ne commettez qu'à moy l'ordre de fon fupplice,
Et ne vous laiffez pas la trifte liberté
De confulter fon crime auec voftre bonté.

HONORIVS.

A trop d'emportement ton zele te difpenfe,
Tu parles de fupplice où ie dois recompenfe,
Et ton auidité d'en voir punir l'autheur,
Impute vn patricide à mon liberateur.
Ouy, bien loin que Zenon à ma mort s'authorife,
C'eft luy dont ie reçois l'aduis de l'entreprife,
Et fa fidelité qu'il n'a pû démentir,
Du peril que ie cours cherche à me garantir.

STILICON.

Il vous en donne auis ? mais acheuez, de grace,
De quel lâche affaffin doit-on craindre l'audace ?

HONORIVS.

C'eft ce que fon billet ne m'a point fait fçauoir.

STILICON.

Et ie m'arrefte encor ? Seigneur , il faut le voir,
Ignorant le coupable on pourroit vous furprendre.

HONORIVS.

L'ordre est donné, demeure, on me va tout appren-
dre,
Et du nom d'vn ingrat tu prens vn vain soucy
Si deuant toy son crime est prest d'estre éclaircy.
Mais quel est ce desordre où ton cœur s'abandonne?
Tu sembles interdit, ton courage s'estonne!

STILICON.

Quoy, quand la trahison cherche à vous accabler,
Ie le pourrois, Seigneur, apprendre sans trembler?
Theodose à mes soins commit vostre jeunesse,
Et ce cœur a pour vous conceu tant de tendresse,
Que redoutant vn coup dont j'ignore le bras
Dans l'horreur du peril ie ne me connois pas.
Le secret de Zenon me tient l'ame à la gesne ;
Vous aurez ordonné sans doute qu'on l'amene,
Et ie crains pour cét ordre où vous vous asseurez,
Que vous n'ayez choisi quelqu'vn des Conjurez.
Souuent pour mieux trahir le plus zelé peut fein-
dre,
Enfin tout m'est suspect où ie vois tout à craindre,
Et ie plains vostre sort si sans plus differer
Moy-mesme de Zenon ie ne cours m'asseurer,
Vos iours sont précieux, le peril est extresme,
Et ie ne puis icy me fier qu'à moy-mesme :
Permettez donc, Seigneur...

HONORIVS *l'embrassant.*

O Prince trop heureux,
D'auoir dans sa disgrace vn amy genereux !
Que l'entreprise éclate aussi-tost qu'elle est sçeuë,
Ne m'abandonne point, & j'en crains peu l'is-
suë,
Ta veuë est vn secours qui m'en oste l'effroy,
Et pour la renuerser il me suffit de toy.

Mais en vain pour Zenon tu crains ce que j'ordonne,
Voy celuy qui paroiſt, veux-tu qu'on le ſoupçonne?

STILICON.

Ah, Seigneur.

SCENE VI.

HONORIVS, STILICON, EVCHERIVS.

HONORIVS.

As-tu ſçeu le nom de l'aſſaſſin?
Parle, & deuant ton pere éclaircy mon deſtin.

EVCHERIVS.

Seigneur, j'ay veu Zenon, & tâché de l'apprendre,
Dans la cour du Palais il s'eſtoit venu rendre,
Où l'ayant à l'écart adroitement tiré,
Ie demande pour vous quel bras a conſpiré.
Il en paroit ſurpris, ſon viſage ſe trouble,
A me voir ſon billet ſa ſurpriſe redouble;
Il demeure pourtant d'accord de l'attentat,
Mais me l'éclaircit mieux ſeroit trahir l'Eſtat,
Il ſuffit que ie ſçache vn complot ſi funeſte,
Et ce n'eſt qu'à vous ſeul qu'il peut dire le reſte.

HONORIVS.

Zenon ne t'a rien dit!

STILICON.

Et tu n'as point preſſé?

EVCHERIVS.

I'ay tenté cent efforts, & n'ay rien auancé.

STILICON,

J'ay beau de l'entreprise examiner la rage,
Il ne peut là deſſus s'expliquer dauantage,
Ce que par ſon adueu ie croy juſtifier,
C'eſt à vous ſeulement qu'il le doit confier,
Et meſme ie vous liure à la fureur d'vn Traiſtre,
Si ie découure ailleurs ce qu'on m'en fait cõnoiſtre,
Il m'engage au ſecret, & pour ſe voir ſans bruit
Par des lieux dérobez prés de vous introduir,
Comme ſans nouuel ordre il n'y ſçauroit pretendre,
Dans le bois du jardin il eſt allé l'attendre.

HONORIVS.

Zenon ne te dit rien, & veut m'entretenir ?

STILICON.

Ah, Seigneur, que de maux s'offrent à préuenir !
Zenon cherche à vous perdre, & de ſon artifice
Mon fils trop imprudent s'eſt rendu le complice,
Puis qu'enfin ſon ſilence eſtant à redouter,
Pour fuir toute ſurpriſe il deuoit l'arreſter.

EVCHERIVS.

J'ay craint que cét éclat fiſt ſur l'heure entreprendre.

HONORIVS.

Quoy, juſque ſur vn fils ton ſoupçon peut deſcendre ?

STILICON.

Non, Seigneur, de mon ſang l'exacte pureté
Ne me répond que trop de ſa fidelité,
Et ſi pour la noircir il eſtoit aſſez lâche,
Ma main dans tout le ſien en laueroit la tache ;
Mais alors qu'il s'agit d'vn pareil attentat,
La plus foible imprudence eſt vn crime d'Eſtat,
C'eſt hazarder enſemble & vos iours & l'Empire.

HONORIVS.

Tu crois donc que Zenon...

STILI

STILICON.

              Ouy , ie croy qu'il confpire,
Et ne veut fans témoins vous voir & vous parler
Que pour prendre fon temps à vous mieux immoler;
Ie connoy dans la Cour quelles font fes pratiques,
Et pour peu qu'au Palais il ait formé d'intrigues,
Si de voftre perfonne il nous tient éloignez,
Vos Gardes par fes foins fe trouueront gagnez ;
Ne luy donnez point lieu de vous pouuoir furpren-
    dre.

HONORIVS.

Quoy ? fur vn feul foupçon refufer de l'entendre ?

STILICON.

Non, mais comme pour vous on doit s'en préualoir,
Faites changer la Garde auant que de le voir,
Oftez à fon efpoir ce moyen de vous nuire,
Et quand auprés de vous on le viendra conduire,
Donnant ordre au paffage à le faire arrefter,
Quel que foit fon fecret , forcez-le d'éclater.

HONORIVS.

Ah , que ne dois-ie point à ta rare prudence !
Elle affeure mes iours contre la violence,
Ie t'en laiffe le foin, ordonne fur ce point,
Change, difpofe , agy; toy, ne me quitte point.

Fin du fecond Acte.

D.

ACTE III.

SCENE PREMIERE.

HONORIVS, EVCHERIVS.

HONORIVS.

Issipe, Eucherius, diſſipe ces alarmes,
Quand Zenon hautement prendroit enfin
les armes,
Et qu'autheur d'vn complot dont il te
voit inſtruit
Il voudroit par la force en recueillir le fruit,
D'vn ſi hardy deſſein quelle que fuſt la ſuite,
Ie plaindrois mõ malheur ſans blaſmer ta conduite,
Puis qu'vn deſtin égal eſtoit à redouter
De l'aueugle chaleur qui l'euſt fait arreſter ;
A voir par cét éclat la trame découuerte
Soudain les Conjurez euſſent preſſé ma perte,
Et précipitant tout, auroient jetté mes jours
Dans vn peril plus grand que celuy que ie cours.
Tu m'en as épargné la triſte certitude.

EVCHERIVS.

La crainte à mon eſprit en eſt toûjours bien rude,
Et pour reſter ſans trouble en de tels attentats,
Le coup ſeul trop ſouuent fait connoiſtre le bras.

HONORIVS.

C'eſt dans la trahiſon vn peril ordinaire,
Mais nous le préuiendrons par les ſoins de ton pere ;
Le voicy qui déja l'aura ſçeu détourner.

SCENE II.

HONORIVS, STILICON, EVCHERIVS.

HONORIVS.

ET bien, Zenon vient-il ?

STILICON.

On va vous l'amener,
Seigneur, & Mutian s'eſt chargé de le prendre
Où luy meſme au Iardin a promis de ſe rendre;
Sans en ſçauoir la cauſe, il doit ſecrettement
Le conduire de là dans cet appartement,
Où nous le forcerons, quel qu'en ſoit le myſtere,
D'expliquer hautement ce qu'il a voulu taire.
Ainſi coupable ou non, Seigneur, vous l'allez voir,
Sans que les Conjurez en puiſſent rien ſçauoir,
Et quãd meſme ſur l'heure ils le pourroient aprẽdre,
En vain à force ouuerte ils voudroient entreprẽdre,
I'ay ſçeu préuoir à tout, & mes ordres ſecrets
M'aſſeurent de la Ville ainſi que du Palais.

HONORIVS.

O zele qu'à iamais il faudra qu'on admire !
Vne ſeconde fois ie te devray l'Empire,
Tes ſoins dans mon enfance à maintenir mes
droits
M'auoient ſçeu conſeruer le rang où ie me vois,

D ij

Par eux Rome toûjours respe&a mon peu d'âge,
Et maintenant qu'vn traiftre à confpirer s'enga-
ge,
La mefme ardeur encor t'intereffant pour moy...
Mais ie vay mieux fçauoir tout ce que ie te doy,
I'apperçoy Mutian.

STILICON.
Ciel ! de quelle difgrace
Par vn retour fi prompt reçoy-ie la menace ?
Peut-il au rendez-vous s'eftre déja trouué ?

SCENE III.

HONORIVS, STILICON, EVCHERIVS, MVTIAN, MARCELLIN, Suite.

MVTIAN.

AH, Seigneur ! fçauez-vous le malheur arriué ?
Zenon...

HONORIVS.
Et bien, Zenon ?

STILICON.
Voudroit-il entreprendre ?
Parlez.

MVTIAN.
Dans le jardin ie fongeois à me rendre
Quand vous ayant quitté ie me trouue furpris
D'oüir nommer Zenon, & pouffer de longs cris ;
Ie quitte l'efcalier, & ce grand bruit m'engage
A détourner mes pas vers cét obfcur paffage,

Dont le fentier eftroit éclairé d'vn faux iour
Iufqu'en ce Cabinet offre vn fecret détour.
Là tout faifi d'horreur d'vne trifte rencontre,
Ie cherche à démentir ce que mon œil me montre,
De trois coups de poignard qui luy percent le flanc,
L'infortuné Zenon tout baigné dans fon fang...

HONORIVS.

Zenon eft mort ? ha Ciel !

EVCHERIVS.

Quoy, Zenon...

STILICON.

O difgrace !

Mais enfin ?

MVTIAN.

Ie m'approche, & chacun me fait place ;
En luy prenant la main ie me la fens preffer,
Vn refte de vigueur femble fe ramaffer,
Ie l'entends qui foupire.

STILICON.

O fuccez fauorable !
Il a parlé fans doute, & nommé le coupable ?

MVTIAN.

Il l'a voulu du moins, mais l'effort qu'il y fait
Hâte fa deftinée, & trompe mon fouhait ;
Il expire.

STILICON.

Et du crime on n'a rien pû connoiftre ?

MVTIAN.   (ftre,

Beaucoup l'enuironnoient lors qu'on m'a veu paroi-
Ie m'en informe à tous, mais tous le croyant mort,
Sans en auoir rien fçeu, plaignoient fon trifte fort.

HONORIVS.

Le mien eft plus à plaindre, & dans cette difgrace
Les funeftes foupçons où mon cœur s'embarafle

Auecque tant d'horreur en confondent l'espoir,
Qu'il n'ose examiner ce qu'il craint de sçauoir.
Eucherius a sçeu l'aduis que l'on me donne,
Zenon qu'il va trouuer ne luy nomme personne,
Il ne l'arreste point, & lors qu'il est mandé,
Ce malheureux Zenon se trouue poignardé !
Helas! comme à le voir c'est toy seul que j'employe,
Luy mort, Eucherius, que faut-il que ie croye ?
As-tu juré ma perte, & son sang répandu
Te rend-il ton secret quand le mien est perdu ?

EVCHERIVS.

Me soupçonner, Seigneur, moy ?

HONORIVS.

Que puis-ie donc faire?
Si ie veux t'excuser, ie condamne ton pere,
Et le fatal soupçon qui m'accable aujourd'huy
Ne s'éloigne de toy que pour tomber sur luy ;
Du crime dont Zenon m'a donné connoissance
Seuls vous auez receu tous deux la confidence,
Et mon malheur est tel, que mon sort le plus doux
Est d'auoir quelque lieu de douter entre vous ;
Doutons, puisque par là du moins en apparence
Le criminel encor garde quelque innocence.
Dures extrémitez où ie me vois reduit!
Ce que ie dois à l'vn est par l'autre détruit,
Tous deux contre vn ingrat m'ont fait voir mesme
    zéle,
Mais si dans mon malheur l'vn me reste fidelle,
Mon cœur est sur ce choix contraint de balancer,
Il a peur de punir s'il veut recompenser,
Et n'ose à l'innocent se rendre fauorable,
De crainte en le cherchant de trouuer le Coupable.
Qui que tu puisses estre, ô Coupable trop cher,
Qui confondant ton crime as l'art de te cacher,

Dûst l'erreur où ie suis me deuenir funeste,
Laisse-m'en la douceur, c'est tout ce qui me reste.
Cette incertaine mort dont ie suis menacé
Me plaist mieux que la tienne où ie serois forcé,
Et ie n'ay point à craindre vn destin plus contraire
Qu'estre reduit à perdre vne teste si chere,
De tous ces coups pour moy c'est là le plus affreux,
Pour couurir le coupable offre-m'en toûjours deux,
Empesche l'Innocent de se faire connoistre,
Et parois-le du moins puisque tu ne peux l'estre.

S T I L I C O N.

Ah, Seigneur ! dans l'horreur dont ie me sens frapé
Pardonnez si mon trouble est si tard dissipé,
Et si tant de bontez m'arrachent auec peine
Le déplorable adueu qui m'acquiert vostre haine ;
Ie le nierois en vain, le crime est aueré,
Eucherius ou moy nous auons conspiré,
Le malheur de Zenon en conuainc l'vn ou l'autre,
Et quand son sang versé marque la soif du vostre,
Vn scrupule douteux retient trop vostre bras,
Si le coupable l'est, le crime ne l'est pas,
Il faut punir, Seigneur, & sans incertitude
Vostre couroux m'en doit la peine la plus rude,
Puis qu'armant contre moy sa plus fiere rigueur,
Vous estes seur d'en perdre ou la cause ou l'au-
          theur.
D'vne ou d'autre façon ma mort est necessaire,
Ie suis par moy coupable, ou le suis comme pere,
Qui détournant de moy l'attentat entrepris
Ne puis estre innocent des crimes de mon fils ;
C'est moy qui dans son cœur luy donnant la nais-
En dois auoir jetté l'effroyable semence,   (sance,
Enraciné l'instinct, & coulé dans son sang
L'abominable ardeur de vous percer le flanc.

Comme auecque la vie il l'a de moy receuë,
De ce fang malheureux la fource eft corrompuë,
Et fi rien jufqu'icy n'en femble eftre connu,
C'eft que de mes forfaits le temps n'eft pas venu;
Que ma mort au pluftoft, Seigneur, vous en deliure,
Ils pourroient éclater fi vous me laiffiez viure,
Et cedant au Deftin qui nous entraîne tous,
Ma main peut-eftre, helas! attenteroit fur vous.
Ainfi puifque ce fang me rend de tout capable,
Vous pouuez fans erreur me traiter en coupable,
Prononcez, & par là daignez me dérober
Au peril des forfaits où ie pourrois tomber.

HONORIVS.

Qu'en vain en t'accufant ta tendreffe de pere
Cherche à croiftre vne erreur qui me feroit trop
　　chere,
Si dans ce qu'à mes yeux ta vertu vient offrir
Cent preuues de ta foy me la pouuoient fouffrir!
Qui s'eft dans mon ieune âge empefché d'entrepren-
　　dre,
Ne me peut enuier ce qu'il a fçeu me rendre,
Et plus à ces clartez ie tafche à refifter,
Moins leur cruel éclat me permet de douter.
Ie vois... te le diray-je, & ma iufte colere...

STILICON.

Ouy, Seigneur, accablez vn miferable pere,
Sur ce cœur affligé portez les derniers coups,
Tout ce que vous voyez ie le vois comme vous.
Helas, où m'emportoit vne indigne tendreffe!
I'ay merité l'arreft dont ma douleur vous preffe;
Mais cette trifte mort dont j'attens le fecours
Sans vne autre victime affeure mal vos iours;
En vain fur moy d'abord la Nature incertaine
De l'attentat d'vn fils vouloit jetter la peine,

Et me perſuader pour luy ſeruir d'appuy
Qu'il s'expieroit aſſez ſi ie mourois pour luy.
Ie dois mourir ſans doute, & d'vn forfait ſi lâche
Il faut que tout mon ſang efface enfin la tache,
Mais ce fils trop perfide, & toutefois trop cher,
A ſa peine par là ne ſe peut arracher :
Qu'il periſſe l'ingrat, dont la rage ſecrette
Par voſtre ſeule mort ſe peut voir ſatisfaite.
Voila, voila, Seigneur, où l'Amour l'a reduit,
De ſes vœux ſans vn Troſne il attend peu de fruit,
La Princeſſe obſtinée à dédaigner ſa flame
N'abaiſſe qu'à ce prix la fierté de ſon ame ;
Et le laſche, aux tranſports d'vn criminel eſpoir
A laiſſé contre vous ſéduire ſon deuoir.
EVCHERIVS.
Et mon pere luy-meſme aide au ſort qui m'accable ?
HONORIVS.
Pour te faire innocent nomme donc vn coupable,
Mes ſoupçons deſſous toy s'attachent à regret ;
Mais qui peut de Zenon auoir ſçeu le ſecret ?
EVCHERIVS.
Tantoſt en luy parlant, Seigneur, de l'entrepriſe,
I'ay veu ſur ſon viſage vne eſtrange ſurpriſe,
Et comme cent témoins la pouuoient obſeruer,
Quelqu'vn en le perdant aura crû ſe ſauuer;
Souuent à préuenir la défiance engage.
HONORIVS.
Ah, ſi de ta fureur ſa mort n'eſtoit l'ouurage,
C'eſt vers ce rendez-vous l'vn à l'autre donné
Qu'vne barbare main l'auroit aſſaſſiné;
Dans le bois du Iardin loin de t'aller attendre,
Icy ſeul en ſecret il cherchoit à ſe rendre,
Se défiant des lieux où tu veux l'attirer,
Sa foy pour m'aduertir n'a plus à differer,

Et lors que pour me voir à tout il se hazarde,
Dans vn obscur passage vn traistre le poignarde.
EVCHERIVS.
Prenant vn rendez-vous il a sçeu m'abuser,
Mais de sa mort par là me doit-on accuser ?
HONORIVS.
Fay croire, si tu peux, ces preuues trop grossieres,
Pour voir ton crime, helas! j'ay bien d'autres lu-
    mieres;
Zenon à me parler voit le peril trop grand,
Il hazarde vn billet qu'en secret on me rend,
L'Imperatrice en vain de se taire est capable,
De peur qu'elle ne l'ouure il cache le coupable,
Et ne l'auroit pas tû, s'il n'eust craint qu'en effet
La sœur n'aidast du frere à couurir le forfait.
D'ailleurs lors que j'éleue vn si rare seruice,
Tu me le fais soudain soupçonner d'artifice,
Si j'accuse vn ingrat qui viole sa foy,
Tu préuois qu'il s'appreste à parler contre toy ;
Tant de précaution marque vne indigne ruse,
Qui se trouue innocent ne craint point qu'on l'accu-
Et ce qui te conuainc, tu te vois dédaigner   (se,
Si tu ne mets ma sœur en estat de regner ;
Mes iours sacrifiez flatent ton esperance,
Sans haïr ta personne elle hait ta naissance,
Et ma mort t'asseurant le pouuoir souuerain,
Il faut perçer mon cœur pour meriter sa main.
Tu t'y resous enfin, & l'ardeur qui t'entraîne...
STILICON.
O crime, dont l'horreur ne se conçoit qu'à peine !
M'en as-tu veu capable, & honteux d'obeïr,
As-tu receu de moy l'exemple de trahir ?
Quand le lasche Rufin arma contre son Maistre,
M'éprouua-t'on trop lent à préuenir ce traistre,

Et d'vn peuple depuis enclin aux remuëmens,
Quel autre a mieux que moy calmé les mouuemens?
Que dans le plus beau fort fouuent la cheute eft
    prompte !
I'ay vefcu glorieux pour mourir dans la honte,
Et voir le Ciel laffé de me feruir d'appuy
Confondre ma vertu dans le crime d'autruy.

HONORIVS.

Va, tu le crains en vain ; mais toy, pour ta deffen-
    ce,
Ingrat, dédaignes-tu de rompre le filence ?

EVCHERIVS.

Que vous dirois-je, helas ! qui pûft me fecourir ?
Ie fuis né malheureux, & ie cherche à mourir.

STILICON.

Quoy, ton malheur, perfide, eft toute ton excufe?

EVCHERIVS.

Vn Pere me condamne, & mon Maiftre m'accufe,
A leurs iuftes foupçons que pourrois-je oppofer ?
Ie voy que l'apparence aide à les abufer,
Et que ce cœur furpris d'vn crime abominable,
Ne peut eftre innocent s'ils l'eftiment coupable.

HONORIVS.

Donc ta rage te plaift, & pour mieux en joüir
Par ces déguifemens tu me crois ébloüir ?
Non, non, contre vn foupçon fi fort, fi legitime,
Ne te deffendre point, c'eft redoubler ton crime,
Dy qu'en te féduifant, l'Amour t'y fçeut forcer,
Et par ton repentir tâche de l'effacer.

EVCHERIVS.

Pour effacer celuy dont voftre erreur m'accufe,
Il faut du fang, Seigneur, & non pas vne excufe,
Et tout le mien fuffit à peine à l'expier,
Si le Deftin s'obftine à me calomnier;

Il a iuré ma perte , & de fa violence
Ie ne puis appeller qu'à ma feule innocence ;
Qui fuit plus que la mort de telles trahifons,
Iamais à s'en purger ne trouue de raifons ;
Surpris d'eftre accufé , dans l'abus qui l'opprime
Par fon filence feul il repouffe le crime,
Et ftupide & muët en des foupçons fi bas,
Prouue fon innoçence à ne la prouuer pas.

HONORIV·S.

Et bien , ingrat , & bien , fois ferme à ne rien dire ;
Voudras-tu point encor nier que l'on confpire,
Qu'vn traiſtre ofe attenter ?

EVCHERIVS.

On le nieroit en vain,
Zenon affaffiné rend le crime certain,
Mais à quelques foupçons qu'il expofe mon zéle,
l'ignore le coupable , & ie vous fuis fidelle.

STILICON.

Quoy, lafche , fur ton cœur le remors ne peut rien?

HONORIVS.

Dérobes-le toûjours aux tendreffes du mien ;
Voicy par qui fans toy nous pourrôs tout apprendre.

EVCHERIVS.

Quoy , vous croyez, Seigneur...

HONORIVS.

Ie ne puis plus t'entendre,
Qu'on le tienne en lieu feur , Marcellin.

EVCHERIVS.

Mon foucy

N'eft pas...

HONORIVS.

Suiuez voftre ordre , & l'éloignez d'icy.

SCENE

SCENE IV.

HONORIVS, THERMANTIE, PLACIDIE, STILICON, MVTIAN, LVCILE.

HONORIVS *à Thermantie.*

AH, Madame!

THERMANTIE.

Ah, Seigneur! que vient-on de me dire?

HONORIVS.

Ce qui m'arrache l'ame, Eucherius conspire,
Et l'ingrat, qu'au remords en vain j'ay crû forcer,
Aime son crime assez pour ne rien confesser;
Mais ma sœur nous en peut éclaircir l'entreprise.

PLACIDIE.

Luy, conspirer, Seigneur?

HONORIVS.

En estes vous surprise,
Et vous estonnez-vous que pour vous meriter
Au Trosne de son Maistre il aspire à monter?
La loy qu'à son amour vostre orgueil en impose
Soûtient auec éclat le sang de Theodose,
Et ces dignes complots dont ie préuiens les coups
Remplissent la fierté qu'il exige de vous.

PLACIDIE.

Si j'ay tout le pouuoir qu'en moy vous semblez
craindre,
Cette fierté, Seigneur, m'authorise à me plaindre,
Et prendre pour affront l'indigne emportement
Qui dans vn criminel veut trouuer mon Amant.

E

L'amour qu'à ses pareils vne Princesse imprime,
Rend le cœur qu'il occupe incapable de crime,
Et pour Eucherius ce droit est si puissant,
Que s'il m'aime en effet, il doit estre innocent ;
Ma vertu fait sa regle en tout ce qu'il peut faire,
D'vn peu d'orgueil peut-estre elle a le caractere,
L'éclat d'vn sang illustre est son plus cher appas,
Mais vn si noble orgueil n'inspire rien de bas.
S'il tient l'ardeur du Trosne & douce & legitime,
Il sçait la dédaigner dés qu'il en coûte vn crime,
Et c'est d'Eucherius connoistre mal la foy,
Que vouloir présumer qu'il conspire pour moy.
Qu'on me réponde en luy d'vne amour veritable,
Ie répondray qu'à tort vous le croyez coupable,
Et qu'il me connoist trop pour s'estre enfin flaté
De surprendre mon cœur par vne lâcheté.

HONORIVS.

Iusqu'où l'orgueil du sang contre moy vous abuse !
La cause de son crime en doit estre l'excuse,
Et quand à conspirer pour vous il se resout,
D'vn si lasche forfait vostre vertu l'absout ?
Qui le sçait vostre Amant l'en doit croire incapable?

THERMANTIE.

Mais surquoy s'asseurer, Seigneur, qu'il soit coupable?

HONORIVS.

Sur cent preuues, helas ! qu'il n'a pû démentir.
Si Zenon en secret tasche de m'auertir,
S'il n'ose me parler de peur qu'on le soupçonne,
S'il vous donne vn billet sans y nommer personne,
C'est qu'en m'aduertissant, s'il fait rien éclater,
Il trouue Eucherius par tout à redouter ;
Il vous craint comme sœur s'il s'ouure sans reserue,
S'il me parle au Palais, Eucherius m'obserue ;

Enfin par fon amour fa vertu fe détruit,
Il aime, il cherche à plaire, & c'en eft là le fruit.
PLACIDIE.
Et bien, jufques au bout pouffez voftre iniuftice,
D'vn forfait odieux declarez-moy complice,
Prenez l'occafion de vanger fur mon fang
Le refus d'vn hymen qui trahiffoit mon rang ;
Quand j'auray par ma mort faoulé voftre vangeance,
D'Eucherius alors vous croirez l'innocence,
Et ferez vanité de ne plus déguifer,
Que pour me perdre feule, on voulut l'accufer.
STILICON.
Ah, Madame ! quittez vne erreur volontaire,
N'excufez point vn fils que defaduouë vn pere,
Le fang en fa faueur auroit féduit ma voix,
Mais contre mon deuoir la Nature eft fans droits ;
Vous voyez fon forfait dans l'ardeur qui l'anime,
En vous ofant aimer, il fit vn premier crime,
Et fon refpect pour vous par fon feu violé,
N'a pû dans vn plus grand voir fon cœur ébranlé.
Hors l'objet qui le charme il n'a rien à connoiftre,
Pour gagner fa Maiftreffe il veut perdre fon Maiftre,
Et tient fon attentat facile à pardonner,
Si vous demandant grace il peut vous couronner.
THERMANTIE.
Mais cependant, Seigneur, d'vne lafche entreprife
On ne peut trop pour vous redouter la furprife,
Il faut pouruoir fur l'heure à voftre feureté.
PLACIDIE.
Ouy, Madame, & punir qui l'aura merité.
Attendant que du crime on ait quelque lumiere,
Dans mon appartement ie me fais prifonniere,
Prefte à répondre à tout, on m'y peut obferuer.
Elle fort.
E ij

STILICON,

STILICON.

O Sort, dont le caprice ofa trop m'éleuer !

HONORIVS.

Va, fi de fa fureur quelque chofe eft à craindre,
Songe à m'en préferuer, & non pas à te plaindre,
Donne ordre...

STILICON.

   Moy, Seigneur ? prendre quelque pouuoir
Quand ie deuiens fufpeét du crime le plus noir ?
Non, non, pour me cacher l'oprobre de ma race
Ie demande la mort par iuftice ou par grace,
Et que vous m'épargniez la honte où ie me voy
D'auoir fait naiftre vn fils fi peu digne de moy ;
Voudroit-on qu'en luy feul fa lafcheté punie
M'en laiffaft aprés luy traîner l'ignominie?
L'horreur m'en fait trembler, & voulant le trépas,
Vous me puniriez trop de ne me punir pas.

HONORIVS.

O deuoir toûjours ferme, & vertu trop feuere !
Madame, prenez foin de confoler vn pere,
C'eft perdre trop de temps au peril où ie fuis.

THERMANTIE.

Helas ! que peut vne ame où regnent tant d'ennuis ?

MVTIAN bas à Stilicon.

Seigneur, contre ce fils témoigner tant de haine ?

STILICON.

Ie fçay ce que ie fais, ne t'en mets point en peine,
Et demain tiens-toy feur de voir felon tes vœux,
Eucherius au Trofne, & Stilicon heureux.

Fin du troifiéme Aéte.

ACTE IV.

SCENE PREMIERE.

PLACIDIE, LVCILE.

PLACIDIE.

L E crime eſt éclaircy ! que me dis-tu, Lucile?
LVCILE.
Que du moins le coupable à connoiſtre eſt
    facile,
Et qu'il ſe cache en vain, lors qu'vn heureux deſtin
De Zenon dans Felix nous liure l'aſſaſſin.
PLACIDIE.
Felix ! quoy, cette mort'eſt l'effet de ſa rage ?
LVCILE.
Flauie entroit alors dans cet obſcur paſſage,
Qui s'arreſtant au bruit, mais ſans rien diſcerner,
Entend, *& c'eſt Felix qui m'oſe aſſaſſiner.*
Interdite & tremblante, elle quitte la place,
Rencontre Theodor, luy dit ce qui ſe paſſe,
Il l'oblige à s'en taire, & prudent & diſcret
En vient à l'Empereur découurir le ſecret ;
Luy que d'Eucherius le triſte ſort accable,
Craint de voir vn témoin qui conuainc le coupa-
    ble,

Et mandant Stilicon, luy veut perſuader
De pouruoir en ſecret à le faire éuader ;
Mais loin que Stilicon à cet ordre obeïſſe,
Si ſon fils eſt coupable, il conſent qu'il periſſe,
Et quoy que de Felix il doiue redouter,
C'eſt luy-meſme auſſi toſt qui le fait arreſter,
Voila de Mutian ce que ie viens d'apprendre.

PLACIDIE.

Mon cœur dans ce qu'il ſent a peine à ſe com-
     prendre,
La joye & le chagrin y viennent tour à tour
Entretenir ma crainte, & flater mon amour ;
Mes vœux d'Eucherius embraſſent la deffence,
I'en voudrois déja voir éclater l'innocence,
Et par l'effet d'vn charme auſſi doux que preſſant
Ie crains pour mon orgueil s'il ſe trouue innocent ;
A voir vn malheureux que le Deſtin opprime,
On laiſſe agir pour luy tout ce qu'on eut d'eſtime,
Et quoy qu'aſſez ſouuent l'amour s'y trouue joint,
La pitié l'authoriſe, on ne s'en deffend point ;
L'ame qu'elle ſéduit s'en laiſſant trop atteindre,
Prend ſujet d'admirer ce qu'elle voit à plaindre,
En vain dans cette ardeur on la veut refroidir,
Elle ſe trouue émeuë, & s'en oſe applaudir,
Et croyant d'elle-meſme eſtre toûjours maiſtreſ-
     ſe,
Sur ſa compaſſion excuſe ſa tendreſſe,
C'eſt par ce ſentiment qui ſembloit m'y forcer,
Que pour Eucherius j'ay crû m'intereſſer ;
Sa vertu que ſoûtient l'éclat le plus inſigne,
D'vn ſoupçon laſche & bas me l'a fait voir indi-
     gne,
Et pour en repouſſer l'injurieux abus,
I'ay ſuiuy de mon cœur le mouuement confus,

Ce cœur s'est attendry , mais quoy qu'il en soûpire,
Ie doute si iamais il s'en voudra dédire,
Et si dans vn Sujet son fier emportement
Dédaignera toûjours d'aduoüer vn Amant.

LVCILE.

Quelque tendre pitié qui vous porte à le plaindre,
Il n'est guere en estat de vous la faire craindre,
La conjecture est forte , & l'indice pressant ;
Tout le rend criminel.

PLACIDIE.

Mais il est innocent,
Et dequoy que son cœur pour regner fust capable,
Quiconque ose m'aimer ne peut estre coupable.

LVCILE.

Vn si beau sentiment feroit tout présumer,
Si l'on aimoit toûjours quand on jure d'aimer.
Il peut feindre auec vous.

PLACIDIE.

Mais , Lucile, ie l'aime,
S'il peut feindre auec moy, puis-ie feindre de mesme,
Et crois-tu que mon cœur pûst trahir ma fierté
Iusqu'à vouloir s'entendre auec sa lâcheté ?
Non , non , ces vains dehors d'vne fausse tendresse
N'éblouïssent iamais les yeux d'vne Princesse,
Elle prend dans son sang l'infaillible pouvoir
De donner de l'amour auant qu'en receuoir.
Incapable d'erreur dans les feux qu'elle excite,
Elle y voit la vertu souftenir le merite,
Et sur ces seuls garands se laissant enflamer,
Est seure d'estre aimée alors qu'elle ose aimer.

LVCILE.

Ce droit d'vn sang illustre est le vif caractere,
Mais absoudre le fils, c'est condamner le pere,
Croirez-vous Stilicon capable d'attenter ?

PLACIDIE.

Il aime l'Empereur, on n'en sçauroit douter,
Ce qu'il a fait pour luy deffend qu'on le soupçonne,
Mais dans sa dureté son courage m'estonne,
Et ie ne comprens point quel jaloux desespoir
Immole Eucherius à son triste deuoir ;
Si l'Amour en secret m'en fait voir l'innocence,
Le sang pour l'éclairer n'a pas moins de puissance,
Et ces douces clartez deuroient également
Luy répondre d'vn fils comme à moy d'vn amant.

LVCILE.

Voicy par qui sçauoir qui des deux est à plaindre.

SCENE II.

PLACIDIE, MARCELLIN, LVCILE.

PLACIDIE.

LA perfidie enfin n'est-elle plus à craindre ?
En connoit-on l'autheur ? Felix a-t'il parlé ?

MARCELLIN.

Le secret vient par luy d'en estre reuelé,
Eucherius...

PLACIDIE.

Et bien ? Eucherius conspire ?

MARCELLIN.

Felix s'est obstiné long-temps à ne rien dire,
De la mort de Zenon par Flauie accusé,
Il ne peut s'émouuoir d'vn crime supposé.
En vain pour ébranler son insolente audace
On fait agir d'abord & promesse & menace,

Il tient son innocence vn assez ferme appuy,
Et ces diuers efforts n'auroient pû rien sur luy,
S'il n'eust veu Stilicon par les plus rudes gesnes
Resolu d'en tirer des lumieres certaines.
Il s'estonne, on le presse, & tremblant & confus,
Il gauchit, parle, aduouë, & nomme Eucherius.

PLACIDIE.

Il l'accuse ?

MARCELLIN.

                Ouy, Madame, & détestant son crime
Nous apprend quel motif à conspirer l'anime ;
Qu'ayant veu vostre cœur du Diadesme épris,
Il croyoit par ce charme ébloüir vos mépris ;
Que trahy par Zenon, vn reuers si contraire
L'auoit fait aussi-tost songer à s'en deffaire,
Et que pour ce grand coup d'vn prompt succés suiuy,
C'est son bras en secret dont il s'estoit seruy.

PLACIDIE.

Ah, Lucile !

LVCILE.

Madame....

MARCELLIN.

                Enfin on les confronte ;
Eucherius rougit de colere & de honte,
Quoy que Felix soûtienne, il ose le nier,
C'est vn lâche aposté pour le calomnier.
Qu'on les expose ensemble aux plus cruels supplices,
On verra l'imposture, on sçaura les Complices :
C'est par là que Felix le conuainc du forfait,
Il s'offre à les nommer, & les nomme en effet ;
L'Empereur seul les sçait, & leur rage l'estonne,
Pour les faire arrester l'ordre secret se donne,
Et comme si leur sort ne regloit pas le sien,
Eucherius le voit, & ne confesse rien.

PLACIDIE.

Ah, le traiftre! il croit donc que ſes lâches Complices
Sans trahir ſon ſecrèt braueront les ſupplices,
Que rien par leur rapport ne doit eſtre éclaircy ?

MARCELLIN.

Madame, l'Empereur va l'enuoyer icy,
Côme l'Amour peut tout vous aurez moins de peine
A ſçauoir...Mais déja le voicy qu'on amene,
Chacun va s'éloigner, peut-eſtre ſans témoins
Son cœur auecque vous ſe déguiſera moins.

SCENE III.

PLACIDIE, EVCHERIVS, LVCILE.

EVCHERIVS.

Q Voy qu'on voye à l'envy l'impoſture & l'enuíe
Attaquer tout enſemble & ma gloire & ma
La plus aſpre rigueur d'vn ſi cruel effort (vie,
Laiſſe encor ma Princeſſe arbitre de mon ſort;
Non que joſe douter quel ordre ie doy ſuiure,
Qui n'en peut eſtre aimé n'eſt point digne de viure,
Mais j'auray moins de peine à renoncer au iour,
Quand ie croiray par là luy prouuer mon amour,
Et ie ne craindray point de voir ternir ma gloire,
Si ie meurs aſſeuré de viure en ſa memoire ;
Vn prix ſi releué rendra mes vœux contens,
Et c'eſt dans mon malheur le ſeul bien que j'attens.

PLACIDIE.

Vous pouuez l'eſperer aprés ce grand ouurage
Qu'entreprenoit pour moy voſtre illuſtre courage,

Et j'aurois trop d'orgueil , s'il n'eſtoit adoucy
Par l'horreur du forfait dont vous eſtes noircy.

EVCHERIVS.

Ah, Madame ! il eſt vray; ie commence à connoiſtre
Qu'innocent iuſqu'icy , ie ceſſe enfin de l'eſtre,
Puis que vous relaſchant à ſoupçonner ma foy,
Cette iniuſtice en vous eſt vn crime pour moy ;
De ma triſte vertu les preuues imparfaites
Vous ont abandonnée à l'erreur où vous eſtes,
Et dans vn cœur ſi grand l'erreur qui le ſéduit
Rend toûjours criminel quiconque l'y reduit.
Vn projet laſche & bas ſemble noircir ma gloire,
Mais enfin mõ ſeul crime eſt que vous l'oſez croire,
Et que dans voſtre cœur mes reſpects ny ma foy
N'ont iamais rien ſurpris qui vous parle pour moy.

PLACIDIE.

Va , ie hay les dédains qui t'en cachoient l'eſtime
S'ils te font ignorer la moité de ton crime,
Et veux bien vn moment oublier ma fierté,
Pour te reprocher mieux toute ta laſcheté ;
L'attentat le plus noir t'acquiert le nom de traiſtre,
Ie t'en vois conuaincu vers l'Eſtat, vers ton Maiſtre,
Mais ie n'y puis penſer que ſurpriſe d'effroy
Ie n'en trouue vn ſecond qui ne touche que moy ;
Ne dy plus qu'à tes vœux mon cœur fut inflexible,
Tout ſuperbe qu'il eſt , tu l'as rendu ſenſible,
Et ſon plus vaſte orgueil n'a pû le garantir
D'admirer ce qu'enfin ie te voy démentir.
C'eſt là ce crime , ingrat, où t'aida ma foibleſſe,
Tu m'as iniuſtement dérobé ma tendreſſe,
Ie me ſuis creuë aimée , & l'offre de ta foy
Sur ta feinte vertu m'a répondu de toy ;
L'Amour qui contre moy ſoûtenoit vn perfide,
La peignoit à mes yeux & brillante & ſolide,

Et toûjours cét éclat pour toy m'intereſſant,
Si Felix n'euſt parlé, t'auroit fait innocent.
Ouy, pour juger en toy l'innocence opprimée,
Il m'a ſuffy d'aimer, & de me croire aimée,
Et de voir qu'en ſecret ma plus fiere rigueur
Te refuſant ma main, t'abandonnoit mon cœur;
L'adueu m'en eſt honteux, mais j'ay cét aduantage
Qu'au moins ton ſang eſt preſt d'en reparer l'ou-
    trage,
Et que l'éclat trompeur dont tu ſçeus m'éblouïr
N'a pû me l'arracher quand tu pûs en jouïr.

EVCHERIVS.

Ah! ſouffrez qu'à loiſir j'en gouſte tous les charmes,
La calomnie enfin me cauſe peu d'alarmes,
De mon deſtin trop toſt ie m'eſtois deffié,
L'Amour parle pour moy, ie ſuis juſtifié;
Auec tant de fureur l'impoſture m'accable,
Qu'à croire ce qu'on voit, ie dois eſtre coupable,
Et quand tout me confond, Zenon aſſaſſiné
Laiſſe pour me conuaincre vn témoin ſuborné;
Mais que peut contre moy ſa noire perfidie
Si mes ſoins ont touché l'illuſtre Placidie,
Et ſi ie voy l'Amour jaloux de mon trépas
Luy donner des clartez que les autres n'ont pas?
Indigne de ſa main, ma mort eſt neceſſaire,
Mais ie ne dois mourir que pour la ſatisfaire,
Et me punir enfin du coupable malheur
De ne rien meriter au-delà de ſon cœur.
Prenez de ce deffaut vne prompte vangeance,
Mon amour vous la doit de mon peu de naiſſance,
Et la mort ne ſçauroit offrir rien que de doux
A qui vit pour vous ſeule, & ne peut eſtre à vous.
Helas! ſi cette gloire eſt la ſeule où j'aſpire,
Ne viuant que pour vous, veut-on que ie conſpire,
                                                    Et

Et que ma passion ait crû vous meriter
Par le forfait honteux que l'on m'ose imputer ?
Me serois-ie flaté qu'vn Trosne eust pû vous plaire
Teint du sang de mon Maistre, & de celuy d'vn
    frere,
Et que d'vn lasche orgueil vostre cœur combatu
Deferast tout au crime, & rien à la vertu ?
Non, non, si d'vn beau sang la fierté peu flexible
Oppose à mon espoir vn obstacle inuincible,
Ie connois trop ce sang pour auoir présumé
Qu'vn criminel heureux pûst iamais estre aimé ;
Mais pourquoy me purger d'vne action si noire ?
I'ay tout ce que ie veux, vous ne la sçauriez croire,
Et cherchant à mourir il doit m'estre assez doux
Que le Sort ne me laisse innocent que pour vous.

        PLACIDIE.

Sois-le, si tu le peux, du forfait qu'on t'impute,
Par tout ta trahison contre moy s'execute,
Et par vn juste effet de ce que ie me doy,
Coupable ou non d'ailleurs, tu l'es toûjours pour
    moy.
Si la mort de Zenon soüille ton innocence,
Tu m'as fait naistre vn feu qui trahit ma naissance,
Et si ce lasche crime à tort t'est imputé,
Il me couste vn adueu qui trahit ma fierté.
Ainsi sans penetrer vn complot détestable,
Tu me dois satisfaire innocent ou coupable ;
Ie t'ay dit que ie t'aime, & l'adouë à regret,
Ou rends-moy mon amour, ou rends-moy mon se-
    cret,
Affranchy-moy d'vn sort dont ma gloire s'indigne ;
Veux-tu te faire aimer si tu n'en est pas digne,
Et si ta passion a merité ce prix,
Veux-tu me voir rougir de te l'auoir appris ?

              F

Abuſe moins d'vn cœur dont l'orgueil qui me preſſe
Ne t'a pû juſqu'au bout déguiſer la tendreſſe,
D'vn ſi ſenſible outrage il eſt ſi peu d'accord...

EVCHERIVS.

Et bien pour l'expier il faut haſter ma mort,
Il faut aduoüer tout, il faut laiſſer tout croire,
Pour vous ſeule auſſi-bien j'ay pris ſoin de ma gloi-
Et quand voſtre intereſt me deffend de parler,   (re,
C'eſt ne la perdre pas que de vous l'immoler.

PLACIDIE.

Ah, vy pour démentir ceux qui l'oſent pourſuiure.

EVCHERIVS.

Mais mon ſort eſt d'aimer ſi vous me laiſſez viure,
Et ie trouue en ſecret tous mes vœux attachez
A l'heureux attentat que vous me reprochez.
Me le ſouffririez-vous?

PLACIDIE.

              Prouue ton innocence,
Et ſi mes ſentimens eſtonnent ta conſtance,
Sôge que c'eſt beaucoup qu'vn cœur comme le mi
Vueille, murmure, craigne, & ne reſolve rien.

SCENE IV.

HONORIVS, PLACIDIE,
EVCHERIVS, MARCELLIN,
LVCILE, Suite.

PLACIDIE.

SEigneur, ie vous l'ay dit, & ne m'en puis dédire
Ou par ambition Eucherius conspire,
Ou s'il fait tout ceder aux soins de m'acquerir,
A de lasches moyens il n'a pû recourir.
Ie n'ay rien sçeu de luy, mais enfiu pour sa gloire
Vous apprendrez qu'il m'aime, & que j'ose le croire;
Peut-estre cét adueu que j'ay crû luy deuoir
Me fera partager vn attentat si noir,
Si Felix l'en conuainc, l'apparence m'engage,
Mais m'en iustifier seroit vous faire outrage,
Et sans expliquer mieux quel est mon interest,
Ie vay pour l'vn & l'autre attendre vostre arrest.

SCENE V.

HONORIVS, EVCHERIVS, MARCELLIN, Suite.

HONORIVS.

QVoy, vouloir que toûjours cét orgueil m'é-
     bloüiſſe ?
L'as-tu ſéduite, ingrat, pour eſtre ta complice,
Et crois-tu que l'appuy qu'elle oſe te preſter
Prouue la calomnie, ou me force à douter ?

EVCHERIVS.

Seigneur, pour mes pareils que l'impoſture accable,
C'eſt eſtre criminel que d'eſtre crû coupable,
Et leur foible vertu les laiſſant ſoupçonner,
Ne fut iamais en eux vn crime à pardonner.
Vous pouuez me punir ſans que j'oſe m'en plaindre,
Mais ce crime eſt le ſeul dont j'ay la honte à crain-
Et tout ce que mon cœur dépoſe contre moy,   (dre,
C'eſt d'auoir mis mon Maiſtre en doute de ma foy.

HONORIVS.

Quelle fureur aueugle à nier t'intereſſe ?
Va, ſi tu crains qu'en tout la verité paroiſſe,
Que ton adueu trop loin eſtendiſt le forfait,
Conſeſſe-toy coupable, & ie ſuis ſatisfait.
Pour percer les motifs d'vne telle injuſtice
Ie n'examineray ny témoin ny complice,
Tu choiſiras ta peine, & pour t'en garantir,
Il ne te couſtera qu'vn ſimple repentir.

EVCHERIVS.

L'apparence m'accuſe, & vous la pouuez croire,
Mais n'ayant juſqu'icy veſcu que pour la gloire,

Ce cœur dont la vertu regla tous les efforts,
N'a point à redouter la honte du remords.

HONORIVS.

Et bien, si ie ne puis abaisser ton courage
Au remords d'vn forfait dont tu cheris la rage,
Si pour toy l'attentat est toûjours plein d'appas,
Confesse-le du moins pour ne te perdre pas;
I'en voy par tout l'adueu qui confond ton audace,
Mais ie le veux de toy pour t'accorder ma grace,
Ne la refuse point, elle est en ton pouuoir.

EVCHERIVS.

Qui n'est point criminel ne la peut receuoir.

HONORIVS.

Conuaincu par Felix, tu démens ton complice?

EVCHERIVS.

Le temps de l'imposteur fera voir l'artifice.

HONORIVS.

Et ceux dont ton adresse a suborné l'appuy
Vont estre en t'accusant imposteurs comme luy?
Valere, Pompeian, Euodius, Maxence,
Lucilian, Rufus, Albin, Straton, Terence,
Tous ces lâches enfin de tes crimes instruits,
Pour te calomnier auront esté séduits?
Si l'on te rend iustice il faut qu'on les recuse?

EVCHERIVS.

Ils pourront m'accuser puisque Felix m'accuse,
Mais quoy que contre moy le Sort ose par eux,
Mon crime ne sera que d'estre malheureux.

HONORIVS.

Ton malheur est de voir ta rage découuerte,
Mais renonce à ma grace, & t'obstine à ta
          perte,
Puisque dans ta fureur rien ne peut t'estonner,
A ton lâche destin il faut t'abandonner.

F iij

Cet endurciſſement que tu me fais paroiſtre
Eſt enſemble & la peine & la marque d'vn traiſtre,
La foudre va tomber, ie t'en veux garantir,
Et c'eſt toy ſeul, ingrat, qui n'y peux conſentir.

SCENE VI.

HONORIVS, THERMANTIE, EVCHERIVS, MARCELLIN, Suite.

THERMANTIE.

SEigneur, ſi la pitié peut aſſez ſur voſtre ame
Pour vous laiſſer ſenſible aux ennuis d'vne féme,
Souffrez que par mes pleurs ie taſche d'obtenir
Que vous conſideriez ce qu'il vous faut punir ;
Ie ſçay d'Eucherius où va la perfidie,
Mais c'eſt vn criminel à qui le ſang me lie,
Et quoy que pour ſa peine il vous faille endurcir,
La part que j'en viens prendre a droit de l'adoucir.
Souffririez-vous, Seigneur, ce qu'on ne pourroit
          croire,
Le frere dans la hôte, & la ſœur dãs la gloire,
Et quand il eſt en butte au reuers le plus haut,
Me verra-t'on au Trône, & luy ſur l'échaffaut ?
Qu'à luy ſauuer le iour mon malheur vous conuie,
La perte de mon rang vaudra bien vne vie,
La ſienne vous eſt deuë, & pour la racheter
Ie deſcends de ce Troſne où j'eus l'heur de monter ;
Choiſiſſez vn lieu ſeur, & l'y faites conduire,
Qu'il y traiſne ſes iours incapable de nuire,
Tandis qu'on me verra dans vn deſtin moins doux
Pleurer d'auoir à viure, & de viure ſans vous.

EVCHERIVS

Le Ciel fera pour moy, ne craignez rien, Madame,
Qui vit comme j'ay fait ne peut mourir infame,
Et vous auez du Trofne entiere feureté,
Si vous n'en defcendez que par ma lafcheté.

HONORIVS.

N'attendez pas de luy l'adueu de mon injure,
Accufé, conuaincu, c'eft toûjours impofture;
Pour mourir glorieux il fuffit de nier.

THERMANTIE.

Ie n'entreprendray point de le iuftifier ;
Mais, Seigneur, la prifon dont vous ferez fa peine,
S'il n'a point confpiré, rend l'impofture vaine,
Et s'il eft criminel, vn long & dur remords
Luy peut faire au lieu d'vne endurer mille morts.

HONORIVS.

Non, il ne mourra point, voftre intereft l'emporte,
Si fon crime eft bien grand, ma tendreffe eft plus
　　forte,
Et ce qu'à l'amitié mon cœur aime à deuoir
Ne fçauroit plus laiffer fa peine en mon pouuoir.
Triomphe, ingrat, triomphe en confpirant ma perte,
Ton Iuge eft corrompu, ta prifon t'eft ouuerte,
Fuy, ne te montre plus; quels que foient tes forfaits,
I'en feray puny feul à ne te voir iamais.

EVCHERIVS.

Que ie confente à fuïr, & que j'aide à l'enuie...

HONORIVS.

Quoy, me veux tu forcer de m'immoler ta vie,
Et crains-tu de rougir à voir ton Empereur
Montrer plus de bonté que tu n'as de fureur ?

EVCHERIVS.

Seigneur, ie puis mourir, mais le fort qui m'opprime
Ne me fçauroit côtraindre à me charger d'vn crime,

Et j'aime mieux d'vn autre expier le forfait,
Qu'aduouër en fuyant ce que ie n'ay pas fait.
HONORIVS.
O d'vn cœur infidelle insuportable audace !
Tu trahis mes bienfaits pour te mettre en ma place,
Et quand ie cherche à voir tes iours en seureté,
Tu t'obstines encor à trahir ma bonté !

SCENE VII.

HONORIVS, THERMANTIE, STILICON, EVCHERIVS, MARCELLIN, Suite.

HONORIVS.

Viens m'aider, Stilicon, à forcer vn coupable
De ne pas rendre seul sa perte inéuitable ;
Ton fils, ton lasche fils, aprés sa trahison
Dédaigne encor de fuir quand j'ouure sa prison,
Tire-le d'vn peril qui n'a rien qui l'étonne,
Rés-toy maistre des iours que l'ingrat m'abandône,
Et de ces tristes lieux l'éloignant malgré luy,
D'vn arrest trop funeste épargne-moy l'ennuy.
STILICON.
Moy, Seigneur ? j'aurois l'ame assez lasche & perfide
Pour vouloir proteger vn traistre, vn parricide ?
C'est mon fils, il est vray, mais vn crime si noir
Estonnant la Nature, en détruit le pouuoir.
Comme ce cœur sensible au bien de ma famille
Sur le Trosne auec joye a veu monter ma fille,
Pour abattre vn orgueil qui s'éleuoit trop haut,
Ie verray sans regret mon fils sur l'échaffaut,

Et s'il auoit pû fuïr, il n'est retraite, azile,
Que ie ne fisse effort à luy rendre inutile,
Et d'où mon zéle ardant ne vinst auec éclat
Punir aux yeux de tous son indigne attentat.

HONORIVS.

Ah, Madame! admirez quel destin est le nostre
Ie suis trahy par l'vn, & vous l'estes par l'autre,
I'ay beau vous rendre vn frere, & n'oser le punir,
Ie demande sa grace, & ne puis l'obtenir,
Et trouue contre moy, quoy que ie pense faire,
Et le crime du fils, & la vertu du pere.
Sont-ce-là, Stilicon, les tendresses du sang?

STILICON.

Seigneur, le Ciel m'oblige à vanger vostre rang,
Si mon fils est sans crime, il prendra sa deffence.

EVCHERIVS.

C'est dont vn iuste espoir flate mon innocence,
Et dédaignant de fuïr, au moins m'est il bien
doux
De me pouuoir par là montrer digne de vous;
Mais si ce sentiment merite quelque grace,
D'vn zéle plein d'ardéur permettez-moy l'audace,
Quoy qu'on m'accuse à tort de vouloir attenter,
Quelque lasche conspire, & ie n'en puis douter,
Le malheur de Zenon me le fait trop connoistre,
Dans vn peril si grand ayez soin de mon Maistre,
Pour asseurer ses iours ne l'abandonnez pas.

STILICON.

Va, va, confesse tout, tu les asseureras;
Mais enfin on craint peu tes lâches artifices,
Quand Felix en secret a nommé tes Complices;
Vous aurez d'eux, Seigneur, de nouuelles clartez,
Rufus & Pompeian déja sont arrestez;
Ie venois vous l'apprendre.

STILICON,
HONORIVS.
Ils m'ofteront de doute;
Mais accepte ma grace auant qu'on les écoute,
S'ils t'accufent encor ie ne pourray plus rien.
EVCHERIVS.
Leur zéle fera faux s'il peut noircir le mien.
HONORIVS.
Vois-tu que leur adueu rend ta perte certaine ?
EVCHERIVS.
Prononcez, ie fuis preft.
HONORIVS.
Gardes, qu'on le remene.
Traiftre, tu veux perir, il faut te contenter.
THERMANTIE.
Ciel ! quels malheurs plus grands pouuois-je redou-
ter ?

Fin du quatriéme Acte.

ACTE V.

SCENE PREMIERE.

STILICON, MVTIAN.

MVTIAN.

SEIGNEVR, dans vn moment vous n'aurez
    plus de Maiſtre,
Nos Conjurez enfin ſe vont faire connoi-
    ſtre,
Et vous auiez bien lieu d'auancer vn deſſein,
Dont l'effet cette nuit pouuoit eſtre incertain.
Outre qu'apres l'éclat où l'on s'eſt veu contraindre,
Quelque Zenon encor eſtoit pour vous à craindre,
L'Empereur par ſcrupule euſt pû ſecretement
L'aller paſſer ailleurs qu'en ſon appartement;
Tandis qu'enfermé ſeul auec le faux coupable,
Il rend l'occaſion à nos vœux fauorable,
Iuſqu'en ſon cabinet vingt des noſtres choiſis
Sont allez par ſa mort abſoudre voſtre fils,
Sa garde eſt du complot, la pluſpart ſont des noſtres,
Et le poignard ſoudain nous deffera des autres,
Le reſte du party dans le Palais épars,
D'vn tumulte impréueu préuiendra les hazards;
Ainſi tout eſt pour vous, & l'entrepriſe eſt ſeure.

STILICON.

J'ay parlé contre vn fils, j'ay trahy la Nature,
Tu t'en és eftonné, mais de moindres efforts
Ne m'euffent du projet laiffé que le remords ;
Pour le voir reüffir, quelque horreur qu'il m'en
    coûte,
Il falloit de ma foy ne laiffer aucun doute,
Efbloüir l'Empereur, & fur tout éuiter
Que l'intereft du fang ne me fift arrefter ;
Nos amis dont moy feul ie fais la confiance,
Auroient par ma prifon perdu toute efperance,
Et fans rien entreprendre, aux dépens de mes iours
Chacun d'eux dans la fuite euft cherché du fecours.
J'ay préueu ce peril, & pour mieux m'en deffendre,
De peur d'eftre fufpect, j'ay voulu me le rendre,
Et demandant la mort, cette ardeur de perir
A détruit les foupçons où ie femblois m'offrir

MVTIAN.

J'en vois l'heureux effet, mais enfin ma furprife
C'eft qu'en fecret Zenon trahiffant l'entreprife,
Tout ait fçeu lors fi bien à vos vœux s'accorder,
Que Felix par voftre ordre ait pû le poignarder ;
J'ay tremblé toutefois quand j'ay fçeu la difgrace
Qui contraignoit Felix d'aduoüer fon audace,
Ie vous croyois perdu le voyant arrefté.

STILICON.

Non, non, auant le coup tout eftoit concerté,
Pour fuïr tous les foupçons que ie voyois à crain-
    dre
Mes foins n'auoient efté que de l'inftruire à feindre,
Et nous eftions d'accord que s'il eftoit furpris,
Aprés quelque menace il accufaft mon fils ;
J'en ay tiré ce fruit, que par ces artifices
Feignant à l'Empereur de nommer les Complices,

        Il

Il a fait arrefter tous ceux dont au Palais
J'aurois pû craindre obftacle au deffein que ie fais;
Ainfi d'Eucherius j'ay refufé la grace,
Seur que demain au Trofne il pourra prendre place,
Et fi dans vn bonheur à mes fouhaits fi doux
Placidie ofe encor... mais elle vient à nous;
Retourne, Mutian, c'eft en toy que j'efpere,
Et ta prefence ailleurs peut m'eftre neceffaire.

SCENE II.

PLACIDIE, STILICON.

PLACIDIE.

QVoy, d'vn lâche impofteur on differe l'arreft?
Eft-ce ainfi que d'vn fils vous prenez l'intereft?
Par vn emportement à peine conceuable
Vous femblez préuenir ce qui le rend coupable,
Et quand il s'offre iour à le croire innocent,
On ne remarque en vous qu'vn zéle languiffant;
De tous ceux que Felix a nommez pour complices
Aucun ne fe confond par la peur des fupplices,
Chacun feparément auec luy confronté
Fait voir à nier tout la mefme fermeté;
Iamais Eucherius n'en foüilla l'innocence,
Iamais de l'attentat ils n'eurent connoiffance;
Enfin aucun n'aduouë, & tous également
Repouffent vn forfait que leur vertu dément;
Pour tirer de Felix des clartez plus certaines
Pourquoy n'employer pas les tourmens & les gênes?
La voye eft affez prompte, & les moyens aifez
De rendre ce qu'on doit aux autres accufez,

G.

Que son rapport contre-eux soit faux ou veritable,
De la mort de Zenon il est toûjours coupable,
Et comme l'attentat à ce crime est vny,
Sans rien mettre en balance il doit estre puny.
Si cette épreuue est iuste , elle est deuë à ma gloire,
On sçait d'Eucherius ce que j'ay voulu croire,
Et l'on doit faire enfin connoistre à l'Empereur
Si le sang qui m'anime est sujet à l'erreur.

STILICON.

Madame, ie n'attens qu'à presser sa justice
De vouloir de Felix ordonner le supplice ;
Mais seul auec mon fils qu'il a voulu reuoir,
Il examine encor ce qu'on n'a pû sçauoir.
Surpris que Pompeian , Straton , Rufus , Terence,
Au lieu de l'accuser, montrent son innocence,
Il hesite , & par luy cherche à déueloper
Qui d'eux ou de Felix aspire à le tromper;
Mais les gênes rendront son audace inutile,
Et le Ciel est trop iuste...

SCENE III.

PLACIDIE , STILICON , LVCILE

LVCILE.

AH, Madame !

PLACIDIE.

Qu'est-il arriué ? parle.

LVCILE.

Il n'en faut plus douter,

L'ingrat Eucherius...

STILICON.
Et bien?
LVCILE.
Ose attenter.
PLACIDIE.
Que dis-tu?
LVCILE.
Que pour luy de lâches Parricides
Du sang d'Honorius insolemment auides,
Ont enfin acheué le funeste attentat
Qui sous les loix d'vn traistre assujettit l'Estat.
STILICON.
O crime! ô perfidie, à qui toute autre cede!
Mais apprens-nous le mal pour songer au remede,
Peut-estre...
LVCILE.
Vos efforts y seront superflus,
Le Coupable triomphe, & l'Empereur n'est plus.
PLACIDIE.
Il est mort?
LVCILE.
Apprenez par ce que j'ay veu faire
Si la raison encor peut souffrir qu'on espere.
STILICON.
L'Empereur seroit mort? acheue promptement;
Qu'as-tu veu?
LVCILE.
Ie passois par son appartement,
Quand dessus l'escalier vne trouppe arrestée
Tout à coup pour entrer s'est enfin presentée.
Les Gardes aussi-tost pour luy prester secours
De quelques-vns des leurs tranchent les tristes iours,
Et presque en vn moment leur barbare injustice
A grands coups de poignard s'en fait vn sacrifice.
G ij

STILICON,

PLACIDIE.

O Ciel!

LVCILE.
A ce spectacle immobile d'effroy,
Ie le sens redoubler par tout ce que ie voy ;
La porte s'ouure, on entre, & par cette surprise
Seurs de ne plus trouuer d'obstacle à l'entreprise,
Ils sont à peine entrez que j'oys des cris confus
De, *Meure l'Empereur, & viue Eucherius.*

PLACIDIE.

Le traistre!

LVCILE.
Marcellin auec sa foible escorte,
Proche du cabinet en occcupoit la porte,
Le Coupable à sa garde ayant esté donné,
L'Empereur le mandant, il l'auoit amené ;
Ainsi contre eux sans doute il s'est mis en deffence,
Mais des siens & de luy que peut la resistance ?
Ils auront beau donner leur sang à leur deuoir,
Le zele est inutile où manque le pouuoir.
Pour moy qu'à fuïr soudain la crainte a condam-
née,
Plaignant de l'Empereur la triste destinée,
I'ay long-temps au Palais publié son trépas,
Sans pouuoir bien connoistre où ie portois mes pas.

PLACIDIE.
Ah! rien n'a pû sans doute empescher ce grãd crime,
L'Empereur à leur rage a seruy de victime,
C'en est fait, & mon cœur par vn traistre abusé
Voit trop tard dans ce mal l'erreur qui l'a causé ;
A moy-mesme, à mon sang, à tout l'Estat perfide,
Pour le croire innocent, j'ay fait son parricide,
Et l'appuy criminel que j'osois luy prester,
Suspendant son arrest, a tout fait éclater.

STILICON.

Madame, pardonnez dans vn fort fi contraire
A la ftupidité qui me force à me taire,
Ie voy d'vn noir complot le furprenant effet,
Et ma raifon fe perd dans l'horreur du forfait :
Mais ce qui le fuiura vous va faire connoiftre
Ce que ie prens de part dans la mort de mon Mai-
ftre,
Et fi par l'attentat fon deftin auancé...

SCENE IV.

HONORIVS, STILICON, PLACIDIE, LVCILE.

HONORIVS.

NE crains rien, Stilicon, le peril eft paffé,
Et la faueur du Ciel t'a conferué ce Maiftre,
Dont la mort te liuroit aux attentats d'vn traiftre.

PLACIDIE.

Ah, Seigneur, vous viuez !

STILICON.

Seigneur...

HONORIVS.

Embraffe-moy,
Ie dois cette tendreffe à ton zéle, à ta foy,
Ton deuoir dans ton fils m'offroit vne victime...

PLACIDIE.

Pour ce coupable fils oublierez-vous mon crime,
Seigneur ? dans fon forfait mon efprit partagé...

HONORIVS.

Ah ! vous feule, ma fœur, en auez bien jugé,

G iij

Il eſtoit innocent ; & iamais l'impoſture
N'auoit fait ſoupçonner vne vertu ſi pure.

PLACIDIE.

Quoy,ce n'eſt pas pour luy qu'à hauts cris declarez..

HONORIVS.

Son nom s'eſt fait oüir parmy les Conjurez ;
Mais on l'a veu bien-toſt contre leur eſperance
Aux dépens de leur ſang prouuer ſon innocence.

STILICON.

Mon fils n'eſt point coupable ! ah , permettez , Sei-
gneur,
Que ie coure joüir d'vn ſi rare bonheur,
Qu'en ſes embraſſemens....

HONORIVS.
Tu le vas voir paroiſtre,

Demeure.

PLACIDIE.
Mais, Seigneur, connoiſſez-vous le traiſtre?
Pour qui conſpiroit-on ?

HONORIVS.
C'eſt ce qu'on va ſçauoir

Par ceux des aſſaſſins qui ſont en mon pouuoir,
Du Ciel dans leur deffaite admirez la juſtice.
Ils voyoient à leurs vœux l'occaſion propice,
Dans les nouueaux ſoupçons qui m'auoient alarmé,
Seul auecque ton fils ie m'eſtois enfermé ;
Mais ils ne ſçauoient pas que dans la juſte crainte
Dont on a veu pour moy l'Imperatrice atteinte,
Des plus zelez des miens quelque nombre ſans bruit
Par ſon appartement dans le mien introduit,
Dedans mon cabinet armé pour ma deffence,
Contre la trahiſon faiſoit mon aſſeurance ;
Marcellin par mon ordre au dehors demeuré,
Eſtoit trompé luy-meſme , & l'auoit ignoré,

Et n'ayant auec luy que deux des fiens pour fuite,
A me laiffer perir voyoit fa foy reduite ;
Lors qu'entrez en tumulte , & leurs indignes cris
Nous ayant fait fonger à n'eftre point furpris,
De Marcellin à peine ils brauent l'impuiffance,
Qu'il nous voit tout à coup fortir à fa deffence.
Ce fecours impréueu les ayant eftourdis,
Fait d'abord à nos pieds tomber les plus hardis,
L'effroy fuit auffi-toſt leur attente trompée,
Et ton fils de l'vn d'eux ayant faifi l'épée,
Les yeux eftincelants d'vne illuftre fureur,
Quoy , viue Eucherius , & meure l'Empereur,
Traiſtres ? & de l'effet la menace eft fuiuie,
Son bras n'attaque point qu'il n'en coufte vne vie ;
Il pouffe , il frape , il tuë , & par de fi grands coups,
L'auantage du nombre eft tout entier pour nous.
C'eft alors que cedant à l'ardeur d'vn beau zele,
Pour des lafches , dit-il , cette mort eft trop belle,
Nos mains à trop d'entr'eux ont ouuert le tom-
    beau,
Referuons ce qui refte à celles d'vn bourreau,
Sous l'horreur des tourmens qu'ils parlent , qu'ils
    m'accufent.
De leur dernier efpoir ces mots les defabufent,
Chacun cherche vne mort qu'il ne peut obtenir,
On épargne leur vie afin de les punir,
On les met hors d'eftat d'aucune refiftance,
Et leur party par-là demeurant fans deffence,
Les derniers qu'à l'inftant Eucherius pourfuit
N'efperent qu'en la fuite où leur fort les reduit ;
Marcellin le feconde & luy prefte main forte,
Et dans la noble ardeur qui tous deux les tranfporte,
Rien ne peut dérober ces lafches reuoltez
Aux fupplices affreux qui leur font appreftez.

STILICON.

Ah, puis qu'il reſte à vaincre , accordez-moy la
　　gloire
D'acheuer auec eux cette grande victoire,
Ie rougis que ſans moy l'on vous ait ſecouru.
　　　　　Il ſort.
HONORIVS.

Enfin d'Eucherius l'innocence a parû,
Et j'eſpere , ma ſœur, qu'eſtant toûjours aimée...
PLACIDIE.

Seigneur , pour vous encor ie ſuis toute alarmée,
Ne me demandez rien , vous viuez, ie le voy,
L'entrepriſe eſt deſtruite , & c'eſt aſſez pour moy.

SCENE V.

HONORIVS, PLACIDIE, MARCELLIN, LVCILE.

MARCELLIN.

SEigneur...
HONORIVS.

　　　　　Et bien enfin ? nos traiſtres par leur fuite
N'ont pû d'Eucherius éuiter la pourſuite ?
MARCELLIN.

Des trois les deux ſont pris , & de ſa propre main
L'autre s'eſt mis ſur l'heure vn poignard dans le ſein,
Mais vn nouueau malheur dont tout mon cœur ſoû-
　　pire...
HONORIVS.

Ciel ! qu'ay-je à craindre encor ?

MARCELLIN.

Ie tremble à vous le dire,
Mais ie balance en vain ce funeste rapport,
Eucherius n'est plus.

HONORIVS.

Il est mort ?

MARCELLIN.

Il est mort.

PLACIDIE.

Pourray-je déguiser la douleur qui m'accable ?
Lucile, quelle atteinte !

HONORIVS.

O Prince déplorable !
Eucherius n'est plus, mais dans vn tel malheur
Acheue, Marcellin, de me percer le cœur,
Apprens-nous de sa mort ce que tu peux connoistre.

MARCELLIN.

Auec la mesme ardeur qu'il vous a fait paroistre
Lors qu'à vos yeux, Seigneur, il côbatoit pour vous,
Sur ceux qui le fuyoient il porte son couroux.
Comme s'il s'offençoit du secours qu'on luy preste,
C'est luy seul qui combat, luy seul qui les arreste.
Il ne s'apperçoit point qu'assez proche du flanc
Vne large blesseure épuise tout son sang,
Soit qu'au premier combat il l'eust déja receuë,
Soit que de ce dernier ce fust l'injuste issuë,
A peine est-il finy, qu'en suite d'vn faux pas
Les forces luy manquant, il tombe entre mes bras ;
Soudain l'Imperatrice accouruë à nostre aide,
A ce triste accident cherche à donner remede ;
Mais luy de sa pitié desaduoüant l'effet,
Ie meurs, dit-il, *Madame, & ie meurs satisfait,*
Puis qu'auant mon trépas i'ay fait voir à mon Maistre,
Que ie meritois peu l'infame nom de traistre ;

I'aimois , & c'eſt l'adueu d'vn inſolent amour
Qui m'auoit ſçeu déia rendre indigne du iour,
Le Ciel iuſte par tout fait plus qu'on n'oſoit croire,
Puniſſant mon audace il conſerue ma gloire,
Et me ſouffre l'eſpoir d'vn aſſez doux repos,
Pourueu que ma Princeſſe... Il expire à ces mots,
Et l'Amour à la mort par vne iuſte enuie
Dérobe le ſoûpir qui termine ſa vie.

HONORIVS.

Enfin vn plein ſuccés a ſuiuy vos refus,
Vous triomphez , ma ſœur , Eucherius n'eſt pius.
Ayant veu contre luy l'impoſture ſoufferte,
Il a pour l'eſtouffer précipité ſa perte,
Et crû dans les ſoupçons d'vn crime lâche & bas
Vn affront aſſez grand pour n'y ſuruiure pas.

PLACIDIE.

Ah , Seigneur , il vous faut ouurir toute mon ame,
Mon orgueil juſqu'icy s'eſt immolé ma flame,
Mais quand d'Eucherius j'ay creuſé le cercueil
Ie dois à mon amour immoler mon orgueil.
Ce Heros dont toûjours la vertu m'a charmée,
N'euſt point eſté ſuſpect s'il ne meuſt pas aimée,
Et l'injuſte refus d'aduoüer ſon amour
A cauſé l'accident qui le priue du iour ;
Ie l'aimois toutefois , mais de cette victoire
Ma jalouſe fierté luy déroboit la gloire,
Ie le voulois au Troſne , & l'ardeur de regner
M'offroit dans ce deffaut dequoy le dédaigner ;
Ces dédains affectez ne cherchoient qu'à vous dire
Qu'il auroit ſçeu me plaire en partageant l'Empire,
Et j'oſois me flater que pour prix de ſa foy
Vous le ſçauriez par là rendre digne de moy.
Enfin il ne vit plus , & de mon arrogance
Ie dois à ſa chere Ombre vne pleine vangeance,

D'vn trop superbe espoir le succés deceuant
Veut qu'il obtienne mort ce qu'il n'a pû viuant,
Qu'auec éclat pour luy mon cœur tousiour s'expli-
　　que,
Qu'ainsi que mon orgueil ma flame soit publique,
Et qu'au moins deuant tous dás mes viues douleurs,
Ne pouuant rien de plus, ie luy donne des pleurs.

SCENE VI.

HONORIVS, PLACIDIE, STILICON, MARCELLIN, LVCILE, Suite.

HONORIVS.

ET bien, du Sort enfin la rage est assouuie,
Ton fils est innocent, mais ton fils est sans vie;
Et ie tremble à t'oüir tout bas me reprocher,
Que si ie vis encore, il t'en couste bien cher.

STILICON.

Seigneur, mon fils est mort, la Nature effrayée
N'ose voir de quel prix vostre vie est payée,
Et quand vous le sçaurez, si dedans vostre erreur
Vous tremblez de pitié, vous tremblerez d'horreur.

HONORIVS.

Ah, quoy que par le sang ta douleur se soustienne,
Elle ne peut aller au delà de la mienne,
Et si par la vangeance on peut la soulager...

STILICON.

Apprenez donc sur qui mon fils se doit vanger,
Mais pour voir dás sa mort quel desespoir m'accable,
Sçachez auparauant dequoy ie fus capable.

Ie vous aimay , Seigneur , & l'on ne vit iamais
Plus de zéle répondre à de rares bienfaits ;
Ce zéle dans mon cœur n'en souffrant aucun autre,
M'euft fait cent fois donner tout mon fang pour le
    voftre,
Et dans vos interefts ma tendreffe & mes foins
En ont peut-eftre efté de fidelles témoins ;
La vertu m'infpirant par de fecrettes flames,
I'eus tous les fentimens qui font les grandes ames,
La gloire me fut chere , & cent nobles exploits
Pour en marquer l'ardeur ne mâquët point de voix ;
Heureux , fi du Deftin la jaloufe puiffance
M'euft épargné d'vn fils la fatale naiffance ;
Par là de ma vertu fa rigueur vint à bout,
Ce fils fut vne idole à qui j'immolay tout ;
Mon amour dans ce fils ou bien pluftoft ma rage
Du .itre de Sujet ne pût fouffrir l'outrage,
Et fans l'en confulter , mon ingrate fureur
Voulut par voftre perte en faire vn Empereur.
I'en prononçay l'arreft , & ie la crûs certaine,
Iugez par cet adueu de l'excez de ma peine.
Pour éleuer mon fils au rang où ie vous voy
I'ay trahy vos bien-faits, j'ay violé ma foy,
I'ay démenty mon fang , j'ay pris le nom de traiftre,
I'ay porté le poignard dans le fein de mon Maiftre,
I'ay foüillé lâchement la gloire de mon fort ;
Cependant, cependant, Seigneur, mon fils eft mort.

PLACIDIE.

Quoy, méchant? pour cacher vne ame baffe & noire,
Tu pûs feindre !

HONORIVS.

Ma fœur , oferiez-vous le croire,
Et preffé de douleur , ne vous fait-il pas voir,
Qu'en tout ce qu'il s'impute il fuit fon defefpoir ?

                       STILICON.

STILICON.

Non, non, mon defefpoir ne cherche point à feindre,
Ayant perdu mon fils, ie n'ay plus rien à craindre ;
Affez des Affaffins entre vos mains reftez,
Vous peuuent confirmer ces dures veritez.
Pour couronner ce fils qui n'euft pû le pretendre,
Moy feul à fon deçeu ie faffois entreprendre,
Voyant qu'au repentir Zenon auoit cedé,
Par mon ordre auffi-toft Felix l'a poignardé,
Sur mon fils par mon ordre il a jetté le crime
Qui deuoit cette nuit vous faire fa victime,
Et de ma dureté l'éclat myfterieux,
Le traitant de coupable, éblouïffoit vos yeux ;
Inuentez des tourmens, imaginez des gênes,
Sa mort paffe pour moy les plus affreufes peines,
De fon pere aujourd'huy ie me voy fon bourreau,
Ie le voulois au Trofne, & le mets au tombeau.
Le Ciel, dont la puiffance à nos deffeins prefide,
Tourne contre moy feul mon lâche parricide,
Et l'auide fureur de mes projets trahis,
Ne me rend criminel que pour perdre mon fils.
Aprés mes attentats que j'ofe vous apprendre,
Sçachant ce qui m'eft dû, Seigneur, ie vais l'attédre,
Et connois trop encore vn refte de deuoir,
Pour vous plus expofer à l'horreur de me voir.

PLACIDIE.

Attendant qu'à loifir en en puiffe refoudre,
Suiuez-le, Marcellin.

N.   A

SCENE VII.

HONORIVS, PLACIDIE, LVCILE.

·HONORIVS·

MA sœur, quel coup de foudre!
Abismé tout à coup dans vn gouffre d'ennuis,
Abandonné, trahy, sçay-ie encor qui ie suis?
Ie pers Eucherius, & ma douleur amere,
Cherchant son assassin, le trouue dans son pere.
O rigueur du Destin à ma peine endurcy,
C'est le le perdre deux fois que de le perdre ainsi;
Dans l'arrest où déja ie me croy voir contraindre,
Tous deux également rendent mon sort à plain-
    dre,
Et ie les vois tous deux, pour croistre ma douleur,
L'vn m'exposer son crime, & l'autre son malheur.
Fut-il iamais vn mal comme le mien extréme!
Ie cheris Stilicon à l'égal de moy-mesme,
Et de cette tendresse où vole tout mon cœur,
Au seul Eucherius ie partage l'ardeur;
Plein de ces sentimens, vn reuers effroyable,
Me fait voir le fils mort, & le pere coupable,
Et sa fatalité qu'on n'a sçeu préuenir,
Quand j'ay l'vn à pleurer, m'offre l'autre à punir.
O toy, dont la vertu toûjours brillante & pure,
Presse mon amitié de vanger ton injure,
D'vn si cruel deuoir daigne me dispenser,
Ou me donne du sang que ie puisse verser;

Si c'eſt le criminel qui te doit ſatisfaire,
Ie ne trouue à t'offrir que celuy de ton pere,
Et ſon crime à punir dans ton funeſte ſort,
Paſſe toute l'horreur où me plonge ta mort.
Ah , que n'a-t'on ſouffert qu'aux dépens de ma vie
Vn coupable ſi cher aſſouuiſt ſon enuie !
Ce reuers euſt peut-eſtre eſté moins important,
Il viuroit ſatisfait , ie ſerois mort content.
Cette triſte grandeur , dont l'éclat me demeure,
Ne vaut pas l'embarras ny la mort que ie pleure ;
Mais où m'ont emporté ces regrets ſuperflus,
Tandis que Stilicon...

SCENE VIII.

HONORIVS, PLACIDIE, MARCELLIN, LVCILE, Suite.

MARCELLIN.

SEigneur, il ne vit plus,
A peine eſt-il ſorty , qu'ordonnant ſon ſupplice,
Iuſqu'au bout, a-t'il dit , *pouſſons noſtre iniuſtice,*
Sous mille affreux tourmens vn iuſte & vif remords
Me deuroit reſeruer à ſouffrir mille morts ;
Mais de ce lâche cœur l'ingratitude extréme
Ne ſouffre point pour moy de bourreau que moy-meſme.
Lorsvn fer tout à coup dans ſon ſein enfoncé...
HONORIVS.
Son forfait eſt puny , mais non pas effacé,
Et quoy qu'vn vain remords ait pû luy faire croire,
Sa main par ſon trépas ne luy rend pas ſa gloire.

Ne m'abandonnez point au trouble où ie me voy,
Ma sœur, perdant son fils, vous perdez comme moy,
Et ma douleur ne peut esperer d'autres charmes
Que de joindre pour luy mes soûpirs à vos larmes,
Et de voir qu'auec moy vostre pitié d'accord,
Me seconde à pleurer le malheur de sa mort.

Fin du cinquiéme & dernier Acte.